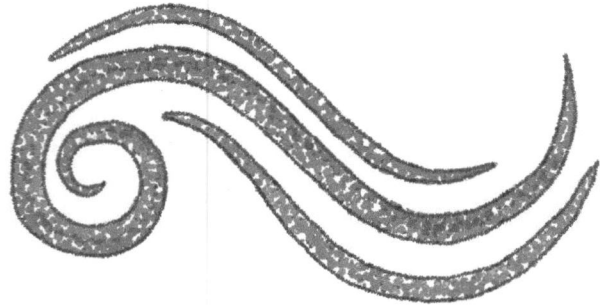

Windatem

Von Luna Day

Windatem

Auflage 2021

©Luna Day.

Erschienen im Selbstverlag

Lektorat/Korrektorat: Katharina Maier

Cover: Viktoria Lubomski

Illustationen: Luna Day

© 2021

Herstellung und Verlag: BoD – Books on Demand, Norderstedt

ISBN: 9783754316979

Lunaday82@gmail.com

www.lunadayautorin.com/

Buchbeschreibung:

Der Wind steht still – Die Drachen ringen nach Luft

Als nächste Windhüterin trifft Alizee das am schlimmsten.
Sie hatte sich dagegen gewehrt, eine Hüterin zu sein, und ist
zu den Menschen geflohen. Dort ist sie glücklich und lebt
mit Sascha, ihrem Bruder und Beschützer, zusammen.
Nichts würde sie ändern wollen.
Bis ein Hilferuf aus dem Waisenhaus Sankt Ursula die
beiden erreicht. Fenja, die junge Flammenhüterin, braucht
ihre Unterstützung. Alizee soll Fenja ihr Wissen und ihr
Training zur Verfügung stellen und ihr beibringen, ihr
Element zu beherrschen. Doch Alizees Plan,
schnellstmöglich wieder nach Hause zu verschwinden,
scheitert, als sie erfährt, dass zukünftige Hüter getötet
werden. Damit ist die ganze Welt in Gefahr. Plötzlich bleibt
Alizee die Luft weg. Kann sie mit Hilfe von Fenja und den
anderen jungen Drachen ihre Magie zurückbekommen?

Der zweite Teil der Drachenhüter-Reihe

Diese Geschichte widme ich denjenigen, die daran glauben, dass es mehr gibt als das, was wir mit bloßen Augen sehen können.
Wie Drachen.

Inhaltsverzeichnis

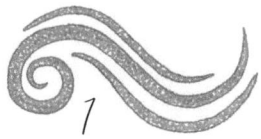

Ich liebte es, in der Menschenmenge zu sein und mich im Rhythmus der Vibrationen zu bewegen. Wie sich die Töne der Melodie um mich schlangen. Dann fühlte ich mich frei. Tanzen, das war meine Leidenschaft.

Saschas Blick spürte ich wie einen Lufthauch. Ich wandte mich ihm zu. Mein Bruder stand da, es war, als würden die anderen um ihn herum verschwinden. Seine blauweißen Haare trug er offen und sie hingen ihm locker über die Schultern. Die grünen Augen waren auf mich gerichtet. Er nickte Richtung Ausgang, aber ich drehte mich um und tanzte weiter.

Raue, fremde Hände legten sich von hinten auf meine Hüfte. Mir war klar, dass es ein Mensch war, denn kein Drache würde so übergriffig handeln, es sei denn, wir wären einander verbunden. Aber dieses Glück oder Pech war mir bis jetzt nicht zuteilgeworden. Vielleicht lag das daran, dass mein Beschützer auch mein Bruder war. Genau konnte ich das nicht sagen. Sascha zumindest hatte die Vermutung, dass ich die Nähe und Aufmerksamkeit der Menschen suchte, weil ich nicht verbunden war. Er konnte sich nicht vorstellen, dass es mir einfach gefiel, unter ihnen zu sein.

Mein Leben war schon vor meinem Schlüpfen

vorgeplant worden.

»Alizee, du musst mehr trainieren, um eine richtige Windhüterin zu sein!«, hatte mein Vater jedes Mal zu mir gesagt, wenn er mich anspornen wollte. Wie oft ich diesen Satz gehört hatte! Mein Magen verkrampfte sich immer noch, wenn ich daran dachte, wie hart mein Vater mich und meinen Bruder beim Training rangenommen hatte. Ich wollte einfach nur frei sein, den Wind unter meinen Flügeln spüren und ... ja, was und? Die Frage war gut. Mehr wollte ich gerade gar nicht.

Na ja, im Moment vielleicht noch etwas Spaß mit dem Menschen hinter mir.

»Eines Tages wirst du uns alle auffliegen lassen«, hörte ich Sascha, als ich die Hintertür der Diskothek öffnete.

Die aufgehende Morgensonne blendete mich. Meine Hand gab mir nur wenig Schutz.

»Ich habe keine Ahnung, was du meinst«, brummte ich und zog meinen Bolero über. »Davon abgesehen bin ich erwachsen und kann selber entscheiden.«

»Ich bin kurz vor dir geschlüpft, daher weiß ich, wie alt du bist«, gab er grinsend von sich.

Immer musste er mir unter die Nase reiben, dass er wenige Minuten älter war! Wie ich das hasste!

»Wo warst du eigentlich?«, fragte ich, während ich die Gasse zur Hauptstraße hinunterlief. Die Lichter gingen nach und nach aus, als ob man wollte, dass wir im Dunkeln blieben.

»Ich war in Sankt Ursula«, antwortete er. Das Waisenhaus, das von Olga gegründet worden war. Sie war ein weißer Winddrache und hatte einige Zeit in unserem Clan gelebt. Nach der Eröffnung des Waisenhauses waren

Sascha und ich eine Zeitlang so oft dort gewesen, dass wir Olga sogar Tante nannten.

Ich runzelte die Stirn. »Was wolltest du denn da?«

»Olga braucht dich«, sagte Sascha ohne Umschweife.

Ich blieb stehen und musterte sein Gesicht. Nichts deutete darauf hin, dass er mich gerade auf den Arm nahm.

»Mich?«

»Das Feuer wurde erneuert, die neue Flammenhüterin ...«

»Diese Fenja hat es also geschafft«, unterbrach ich ihn und er nickte. »Und was hat das mit mir zu tun?«

»Du bist die einzige Hüterin, die Olga kennt und von der sie weiß, dass sie die Ausbildung bekommen hat.«

Ich schnaubte und ging die Straße weiter in die nächste Gasse. »Ich will damit nichts zu tun haben.«

»Alizee!« Sascha hielt mich am Oberarm fest und gebrauchte seine magische Kraft, sodass ich nicht weitergehen konnte.

Niemand konnte den Wind festhalten, bis auf seinen Beschützer. Es war eine Art Kokon, der sich um meinen Körper legte. Dadurch konnte ich meine Hüterkraft nicht rufen, um zum Wind zu werden.

»Sie ist das Feuer, du der zukünftige Wind, ohne dich wird sie aber nicht überleben.« Er ließ mich los.

Missmutig stampfe ich weiter über die Hauptstraße und in eine schmale, schlecht beleuchtete Seitenstraße hinein. Jeder Schritt hallte von den Wänden der dunkelgrauen Häuser wider. Der Wind wehte den Geruch von Kaffee zu mir.

»Ich will mit ihnen nichts zu tun haben, darum bin ich gegangen.«

»Die Welt verändert sich, und wenn du dich dagegen

11

wehrst, wird sie bald untergehen.«

Ich wandte mich zu ihm. »Was redest du da für einen Haufen Blödsinn?«

»Vater sagte immer: ›Alizee ist die letzte Erbin der Windhütermagie‹.«

Ich also? Das konnte nicht sein. Sicherlich, ich wusste, dass Fenja die letzte Flammenhüterin sein sollte. Der Schnee, der langsam wegtaute, war ein Beweis dafür, dass sie die Flamme neu entzündet hatte. Nur noch an manchen Ecken waren vereinzelte aufgetürmte Schneehaufen zu sehen.

Der Leuchtturm der Flamme, der unsere Welt mit Wärme versorgte, war einer der vier Elementarbauten, die je ein Hüter beschützen musste. Mein Vater war als amtierender Windhüter für das Windrad zuständig. Und wenn das stimmte, was mein Bruder da von sich gab, dann musste ich den Schritt machen und mein Erbe antreten. Was ich gar nicht einsah, um ehrlich zu sein.

»Warum sollte ich die letzte sein?«

Sascha rieb sich über seine Lider. »Olga hat das auch gesagt. Es heißt, eine Gruppe Drachen habe sich zusammengetan, um Eier von Hütern sowie schon geschlüpfte Jungdrachen ...« Er schluckte und kniff kurz seine Augen zusammen. »Hör zu, Alizee, ich bin nicht nur dein Beschützer, sondern auch dein Bruder. Willst du weiter deinen bisherigen Weg gehen, werde ich an deiner Seite bleiben, das weißt du. Aber dann sollte dir auch klar sein, dass du«, er deutete auf mich, »uns alle in unser Verderben reißt.«

Ich zeigte ihm den Vogel und lief weiter, durch einen dunklen Park. Hatte mein Vater das damals gemeint, als er mit seinen Belehrungen ankam, wie wichtig es sei, die

Elementarkraft zu beherrschen? Ich solle auf die warnenden Stimmen der Vergangenheit hören. Als ob alles, was sie vor Jahrhunderten gesagt hatten, noch heute die Wahrheit wäre! Ich wollte ihm nicht zuhören; in meinen Augen sagte er das alles nur, um sein ständiges und anstrengendes Training zu rechtfertigen. Ich schloss lieber die Lider und lauschte dem Wind, wie er mal stärker und mal sanfter Gerüche und leise Töne mit sich trug. Für mich war es schöner, ihnen zuzuhören, als meinem Vater.

»Alizee!«

»Lass mich«, fauchte ich meinen Bruder an. Der Wind reagierte auf meine Emotionen und wehte stärker um mich. »Ich bin gegangen, weil ich das alles nicht haben wollte. Dieses scheißewige Training, dieses ständige Misstrauen und das endlose Beobachtet-Werden!«

»Irgendwelche Drachen rotten Hüter aus. Es gibt bloß noch sieben. Ich weiß nur von Olga, dass Papa und du die letzten Windhüter seid. Und Fenja ist die letzte Flammenhüterin. Wenn sie stirbt, war das, was die vergangenen Jahre mit unserer Welt passiert ist, ein Zuckerschlecken.«

»Ich will das nicht!«, schrie ich ihn an und hielt mir die Ohren zu. Bis mein Vater sterben würde, würde ein anderer Windhüter geboren werden, und ich blieb frei. Warum konnte mein Bruder nicht verstehen, dass ich frei sein wollte?

Der kleine Sturm wehte Saschas Haare nach hinten; jeden anderen hätte es von den Füßen gezogen. Aber eben nicht meinen Beschützer. Unbeirrt folgte er mir weiter durch die spärlich belichteten Gassen, als würde er erwarten, dass ich meine Meinung doch noch änderte.

»Dann werde ich es Olga ausrichten«, sagte er auf

einmal. Seinen Körper umschlang Wasser, und er wurde zu einem weißblauen Drachen. »*Ich musste dir die Konsequenzen mitteilen.*«

Bevor ich noch etwas sagen konnte, schoss mein Bruder wie ein Geysir in die Luft und entschwand aus meiner Sicht. Noch nie hatte mich jemand verstanden, hatte nachvollziehen können, dass ich mit diesem ganzen Hüterzeug nichts zu tun haben wollte.

Klar, das Ableben von Aieda, der letzten Flammenhüterin, war eine Warnung an uns alle gewesen, was passieren konnte, wenn keiner der vier Hüterdrachen mehr existieren sollte. Auch, dass da mehr im Gange sein musste als mein Vater ahnte. Doch für mich fühlte sich die ganze Hütersache wie ein Gefängnis an. Selbst meinen Bruder hätten mir meine Eltern noch vor dem Schlüpfen genommen, hätte sich nicht in jenem Moment das Windzeichen auf der weißblauen Schale seines Eis gezeigt.

Darum war es ein Rätsel für mich, warum er mich nicht verstand. Er hatte alles miterlebt, manches hatte er sogar am eigenen Leib erfahren, wie etwa das stundenlange schmerzvolle Training. Ich fragte mich, was mit ihm los war.

Ich sperrte die Wohnung auf, die mein Bruder und ich angemietet hatten. Besser gesagt, war es eher ein großer Lagerraum mit kahlen, hellgrauen Wänden und vier Pfosten in der Mitte. Bis auf ein paar Decken war er leer. Mehr brauchten wir eben nicht. Ich schloss meine Augen und ließ eine sanfte, warme Brise über mich gleiten, um mich in meine Drachengestalt zu verwandeln. Dann schüttelte ich meine weißgrauen Schuppen. Bei jedem Schritt, den ich machte, klackerten meine Klauen auf dem Lehmboden. Als ich die samtige, beige Decke unter meinen Pfoten spürte, legte ich mich hin und rollte mich ein.

Ich vermisste meinen Bruder. Er war schon so lange nicht mehr in unserer Wohnung gewesen, dass seine Aura schwach war. Hier war dieses Gefühl der Einsamkeit am stärksten. Seufzend blickte ich zu seinem Nachtlager. Einsam und verlassen lag dort zusammengeknäult eine dunkelblaue Decke. Ich blies durch meine Nüstern und ließ seine Decke wie einen fliegenden Teppich über den Wind zu mir gleiten. Während ich meinen Kopf darauf legte, dachte ich über das nach, was er zu mir gesagt hatte.

Als wir Kinder waren, hatte es nur mich und ihn gegeben. Mit den anderen Hüterinnen oder sonstigen Drachenkindern, die bei uns im Clan lebten, durfte ich nie spielen. Ich musste mein Element immer im Griff haben. Meinem Vater war es nie genug, egal, wie gut ich den Wind beherrschte. Ich war in seinen Augen nie würdig gewesen, eine Hüterin zu sein, zumindest vermittelte er mir das immer. Ich fühlte mich, als ob er mir die Luft zum Atmen nähme, und das sagte ich als Winddrache. Darum waren Sascha und ich gegangen.

2

Drei Tage hatte ich nichts von Sascha gehört oder gesehen. So langsam machte ich mir Sorgen, was eigentlich unnötig war, da ich wusste, dass es ihm gut ging. Dummes Beschützer-Hüter-Verhältnis.

Die Vibration der Boxen, die die Luft schwingen ließ, brachte mir nicht das sonstige Vergnügen. Auch wenn ich die Augen schloss und mich zu dem Beat bewegte, war es ein komisches Gefühl. Die Hände, die mich berührten, stieß ich von mir und schüttelte meinen Kopf.

»Was trinken?«, vernahm ich.

Es war zwar eine gute Idee, trotzdem verneinte ich. Doch vielleicht würde das Brennen des Alkohols mich etwas ablenken. Also drängte ich mich alleine durch die Massen der Menschen an die hinterste Bar und war erstaunt, dort ein bekanntes Gesicht zu sehen. Es war Enzo, einer der Drachen aus meinem Clan. Es war bestimmt zwei Jahre her, dass ich ihn gesehen hatte. Kurz nach der letzten Begegnung mit ihm waren mein Bruder und ich von dort abgehauen.

»Alizee«, begrüßte mich der Winddrache.

»Enzo«, sagte ich erstaunt.

Er hatte mir immer gut zugeredet, als ich jünger war,

und versucht, mir die Sicht meines Vaters näherzubringen. Mein Vater misstraute ihm jedoch. Seine Freundlichkeit sei nicht normal, hatte er damals oft geknurrt. Ich mochte Enzo aber, vor allem seine witzigen Geschichten gefielen mir, die er mir erzählte, um mich von meiner Wut abzulenken.

»Wo ist dein Bruder?«, fragte er mich gleich.

»Du kennst ihn doch. Er ist nie weit weg.« Nur etwa einen halben Tag von hier entfernt.

Enzos Blick schweifte über die Menschen. »Und sonst? Hast du noch Kontakt zu anderen aus dem Clan?«

Der spöttische Tonfall entging mir nicht. Schon damals hatte er es lächerlich gefunden, dass mein Vater unser Zuhause so nannte. Für Enzo hatten wir in einem Nest gelebt. Ich hingegen mochte den Begriff Clan.

»Nein«, knurrte ich, »darüber bin ich auch froh.«

Er wandte sich wieder mir zu. »Auch nicht zu Soley oder Dee?«

An meine beiden Hüterfreundinnen erinnert zu werden, war ein kleiner Stich. Ich wollte nicht an sie denken.

»Warum sollten sie?«, zischte ich zwischen den Zähnen hindurch und hob meine Hand, um den Barkeeper zu rufen. Dass Enzo nach Sascha fragte, war schon komisch, aber sich nach der Erd- und Wasserhüterin zu erkundigen, war mehr als seltsam.

»Ja?«, fragte der Barkeeper und lenkte mich ab.

»Einen Jacky pur«, bestellte ich und holte einen Zehner heraus, den ich auf den Tresen legte.

Ein fliegender Wechsel entstand, Schein gegen ein gefülltes Glas. Ich musterte Enzo, als ich einen Schluck nahm. Er sah aus wie immer, mit seinen grauen Haaren und den blaugrünen Augen. Auch von der Statur her wirkte so, wie ich ihn kannte. Aber irgendetwas sagte mir, ich solle auf der Hut sein.

»War dein Vater vielleicht hier?«

Fast hätte ich mich verschluckt. »Was soll er denn hier?«

Enzo drehte sich zu dem Barkeeper. »Ich nehm auch einen.«

»Bekomme ich eine Antwort?«, drängte ich ihn.

»Weil er dich eventuell zurückholen will?«

Ich runzelte die Stirn. Mir gefiel es nicht, dass er jetzt auch noch über meinen Vater sprechen wollte. Ich hatte das Gefühl, dass er mich ausfragen wollte, aber warum? Hatte mein Vater vielleicht doch recht gehabt mit seiner Einschätzung Enzo betreffend?

»Wann reist du weiter?«, fragte ich und versuchte, so nebensächlich wie möglich zu klingen.

»Heute noch, wollte nur nach euch sehen.«

Ich nickte und trank aus. »Dann alles Gute. Meld dich mal wieder.«

»Hey, Alizee«, rief er mir hinterher, als ich bereits ein paar Schritte gegangen war.

»Ja?«

»Lügst du mich an?«

»Warum sollte ich?«

»Weil sich die Luft verändert hat.«

»Enzo, du kennst meinen Vater und mich. Ich wäre nicht mehr hier, wenn er mich aufgesucht hätte.«

Er nickte, nahm das Glas und leerte es in einem Zug. Ich wusste, dass ich aufpassen musste. Kurz winkte ich und versuchte, mit ruhigen Schritten wieder auf die Tanzfläche zu kommen. Mein Kopf sagte mir, dass er mir irgendetwas verheimlichte, doch mein Herz meinte: Er war dir ein Freund. Wer hatte nun recht?

Noch im Dunkeln trat ich aus der Hintertür. Enzo war schon vor Stunden gegangen. Ich blickte in den Himmel. Sollte ich es wagen zu fliegen? Doch irgendetwas war anders, meine Haut prickelte und ich konnte dieses beunruhigende Gefühl nicht abschütteln. Als ich die Gasse verließ, waren die Straßen leer, was mich wunderte. Der Bass hämmerte immer noch von drinnen, der Geruch von schwitzigen Menschen wehte auch zu mir. Warum war also keiner mehr unterwegs?

Der Wind verriet mir, dass ein fremder Drache an der nächsten Ecke stand. In Menschenform hatte er es anscheinend auf mich abgesehen, hatte aber offensichtlich keine Ahnung, mit wem er sich da anlegen wollte. Ich war zwar jung, aber ich war eins mit meinem Element.

Erhobenen Hauptes lief ich an ihm vorbei. Wasser umspülte meine Füße. Wie lachhaft.

»Dein Ernst?«, fragte ich und blickte über die Schulter zu dem blauhaarigen jungen Mann.

Langsam zog er sein Schwert. »Na, komm schon, kleine Hüterin!«

Ich lief weiter. »Du beeindruckst mich nicht. Deine Wasserspiele können mir nichts anhaben.«

»Meinst du?«, fragte er in einem Ton, als würde er sich über mich lustig machen. Wie aus dem Nichts wurde ich von Wasser umschlungen, wie eine Wasserkugel. Dieser Drache war stärker, als ich vermutet hatte, und hatte sein Element unter Kontrolle, aber eins war er damit nicht.

Ich breitete meine Arme aus, ließ den Wind das Wasser wegwehen, als ob es nur ein paar Spritzer wären. Er hatte sich in seine Drachengestalt verwandelt, die dunkelblau schimmerte wie die Schuppen meines Bruders.

»Geh lieber, bevor du es bereust«, knurrte ich zwischen

19

den Zähnen hindurch. So langsam wurde ich sauer.

»*Du wirst mich nie besiegen*«, hörte ich in meinem Kopf.

Und jetzt war ich richtig wütend. Ich wurde zu einem Teil meines Elements, indem ich die Luft tief in mich hineinsog und sie meinen Körper übernehmen ließ. Ich war der Wind, der Wind war ich und wir schlangen uns um den Hals des blauen Wasserdrachen und drückten ihn nieder. Er japste nach Luft. Immer fester pressten wir ihn auf die Steine.

»*Leg dich nicht mit mir an*«, zischte ich und wurde wieder zu einem Menschen. »Ich kann mit meinem Element umgehen und scheue mich nicht, es zu gebrauchen!«

Schon bevor ich einen schwarzroten Schwanz zu sehen bekam, verriet mir ein Windzug, dass ein zweiter Drache auf mich zukam. Ich wich aus. Fluchend ließ ich die warme Brise über mich gleiten, um mich in meiner Drachengestalt zu verteidigen. Ich schlug mit meinen Flügeln fest auf und ab. Die Böe, die dabei entstand, schleuderte den zweiten Drachen weit in den Himmel hinauf.

Meine Klauen bohrten sich in das Fleisch des Wasserdrachen auf dem Boden. »*Ruf deinen Kumpel zurück, sonst bist du tot!*«

Verwundert nahm ich da den Geruch von Meer wahr – den Geruch meines Bruders.

»Ich habe euch gesagt, dass meine Schwester euch locker niedermacht.«

Verwirrt blickte ich zu ihm.

Lässig kam Sascha um die Ecke und sah mich herausfordernd an. »Lass ihn los, sie sind keine Gefahr.«

Ich spürte, wie meine Schuppen meinen Körper verließen. »Was sollte der Mist?« Ich war kurz davor, meinem Bruder eine zu verpassen. Meine Hände ballte ich immer wieder zu Fäusten.

»Sie dachten, sie könnten dich so überreden, Fenja zu helfen.«

»Die beiden?« Indem sie mich angriffen? Lachhaft.

Sascha nickte. »Darf ich dir Calom vorstellen? Und nimm deinen Fuß von seinem Hals.«

Mein Blick ging zu Calom, der immer noch auf dem Boden lag und sich nicht bewegte. Hätte er nicht seine Hände gegen meinen Schuh gestemmt, hätte es den Anschein gehabt, als wäre er bewusstlos. Der andere Drache landete. Trotz des Schwarzrots in seinen Schuppen wurde seine Verwandlung zum Menschen durch Wasser und nicht durch Feuer angekündigt.

Ich trat beiseite. Calom stand mit der Hilfe des anderen auf.

»Ich bin Alec, du hast eine ganz schöne Kraft in deinen Flügeln«, sagte dieser.

Schulterlange, rotschwarze Haare umrandeten sein Gesicht. Die zwei waren eindeutig Brüder. Calom schien nur um einiges mehr trainiert zu haben. Und da war mir klar, wer diese beiden waren, die ich vor mir hatte, und warum sie mich überreden wollten, Fenja zu helfen. Sie waren der Begleiter und der Beschützer der Flammenhüterin. Deswegen waren Alecs Schuppen und Haare rotschwarz; es zeigt die Verbindung des Begleiters mit dem Element der Hüterin an. Calom musste daher ihr Beschützer sein.

Schnaubend schüttelte ich den Kopf. »Ihr seid lächerlich.«

»Ich wollte dir ja nicht wehtun«, brummte Calom leise.

»Du musst Fenja helfen«, flehte Alec.

Ich blies genervt die Luft aus meiner Nase. »Ich muss

gar nichts.«

Sascha seufzte. »Ich habe euch gesagt, sie ist sturer als die Erde.«

»Du kennst Fenja nicht«, grinste Alec und fuhr sich durch das Haar.

Sascha schlenderte auf mich zu. »Hier, das soll ich dir von Olga geben.« Der etwas dickere, braune Umschlag roch nach Weihrauch.

»Mach auf«, brummte ich.

So dumm war ich dann doch nicht. Olga konnte raffiniert sein; vermutlich war in dem Umschlag Schlafpulver oder irgendetwas anderes, das mich ausknockte, damit sie mich verschleppen konnten. Auch wenn es mir nicht passte: Wenn sie bereit waren, so weit zu gehen, musste die Sache sehr ernst sein. Um ehrlich zu sein, wenn Calom Fenjas Beschützer war und er nur so minderwertig mit seinem Element umgehen konnte, dann war mir schon klar, dass Fenja es null konnte. Vermutlich brachte sie gerade mal ihre Stichflamme zustande.

Sascha grinste mich an. Er spürte meine Emotionen und wusste, dass ich kurz davor war nachzugeben. Langsam hob er den Umschlag hoch und öffnete ihn. Holte das Papier heraus, faltete es genüsslich auseinander und drehte es zu mir. Darauf war nur ein Wort zu lesen: »Bitte.«

Ich runzelte die Stirn. »Warum ich, warum wir?«, fragte ich meinen Bruder.

»Weil du, meine Kleine, Fenja auch eine Freundin sein kannst.«

Ich lachte auf. »Eine Freundin?«

»Fenja hat bis vor einem halben Jahr nichts von uns gewusst. Sie war bei den Norddrachen, doch die kennen sich nicht mit den Hütern aus.«

»Aber Ramon ...«, begann ich.

»Mein Vater ist ein elender Lügner und tot«, brüllte mich Calom an.

»Sachte, du machst das hier gerade nicht besser«, versuchte mein Bruder, ihn zu beruhigen.

Verwirrt sah ich Calom an.

Alec räusperte sich. »Unser Vater hat den Befehl gegeben, Fenjas Mutter zu töten, und mich als Beschützer und Begleiter benannt.« Sein Blick war auf den Boden gerichtet, ihm schien es deutlich unangenehm zu sein. »Dein Bruder hat uns Dinge gezeigt und erzählt, von denen wir keine Ahnung haben. Wir können kämpfen, aber ...« Er schwieg und sah zu Sascha.

»Weder Calom noch Fenja können etwas dafür. Niemand hat es ihnen gezeigt oder beigebracht.«

»Schön und gut. Dass sie Hilfe brauchen, verstehe ich ja. Aber warum ich?«

»Warum nicht du?«

»Oh, da fallen mir einige Gründe ein. Erstens bin ich nicht verantwortlich für sie. Zweitens will ich nichts mit diesem Hütermist zu tun haben, und drittens gibt es da draußen noch andere, die das machen können.«

»Erde und Wasser sind verschwunden. Weder die alten Hüter noch die nächste Generation sind auffindbar, und unser Vater ist zu alt.« Sascha nahm meine beiden Hände in die seinen. »Bitte, sie braucht deine Hilfe. Sie ist die letzte Flammenhüterin.«

Wie starr war ich auf diese Berührung fixiert. Mein Bruder fasste mich nur an, wenn er etwas vorhatte, meist magiemäßig.

»Willst du mich zwingen?«

»Schwesterchen, ich kenne dich besser als jeder andere.

Wenn du nicht willst, findest du einen Weg zu entkommen.«
Er drückte leicht zu. »Doch du kennst mich genauso gut.
Wenn es nicht wirklich wichtig wäre, wäre ich dann so
nervig?« Er legte seine Stirn auf meine und sprach
telepathisch mit mir: »*Ich weiß, dass du geflohen bist, weil es dir
zu viel war, und warum du dich gerade dagegen wehrst. Aber sie
kann nichts dafür und sie braucht dich. Lehre sie und dann ziehen
wir weiter.*«

»Ich muss nachdenken«, sagte ich.

Er nickte mir zu.

Ich wandte mich ab und lief nach Hause. Gerade
brauchte ich einfach Abstand, um wirklich nachzudenken.

Ich fühlte mich zwiegespalten. Sascha war niemand, der
etwas grundlos tat. Doch es nervte mich wiederum auch,
weil er wusste, dass ich es verdrängen wollte.

Zu Hause steckte ich den Schlüssel in das Schloss und
knallte die Tür hinter mir zu. Ich hasste diesen Wirbelwind
in mir. Es war wie damals, als ich Dee und Soley im Clan
zurückgelassen hatte.

»Wir sind wie Schwestern«, hatte Dee mich damals mit
flehendem Blick angesehen, als sie und Soley zu uns kamen.

Meine sanftmütige Dee hatte angefangen zu weinen.
Soley war wie immer stolz und verstand nicht, warum ich es
tat. Wie auch? Sie war eben die Erde, hart wie Stein.
Trotzdem liebte ich sie beide. Nur hatte ich es bei meinem
Vater eben einfach nicht mehr ausgehalten und ich musste
damals die Gelegenheit ausnutzen, dass mein Vater allein
zum Windrad geflogen war.

Ich setzte mich an das Fenster und blickte in die Ferne.
Wild schüttelte ich meinen Kopf und verdrängte die
Erinnerungen an meine Hüterfreundinnen. Mein Leben war
hier und ich liebte es, so frei zu sein wie die Menschen.

Auch wenn ich wusste, dass ich ein Drache war.

Der Wind trug Saschas Geruch zu mir und ebenso den der beiden anderen. Ich wandte mich ab und ging in meine Ecke. Als ich mich hinlegte, war ich im weißgrauen Schuppenkleid. Ich breitete meine Flügel aus und legte sie über meinen Kopf. Mir wäre es lieber gewesen, sie wären zurückgeflogen, aber mir war klar, dass Sascha nicht so leicht aufgeben würde.

Metall auf Metall klirrte an meinen Ohren. Genervt schnaubte ich durch meine Nüstern, streckte mich und blinzelte in die Richtung, aus der die Geräusche kamen. Mein Bruder war ein Ass, wenn es um Drachenkampf, Magie und Elementarkraft ging, aber mit einem Schwert sah er alt aus. Dieser Calom dagegen schien darin sehr gut zu sein. Der Schweiß lief meinem Bruder über die Schläfen, als er versuchte, Calom mit dem Schwert wegzudrücken.

»Sie haben in den letzten Tagen schon im Waisenhaus gekämpft, hat mehrere Stunden gedauert«, hörte ich Alec sagen.

Anscheinend lebte die Flammenhüterin immer noch bei Olga. Mir wäre es lieber gewesen, wenn Sascha wieder nach Hause gekommen wäre, statt in Sankt Ursula etwas so Drachenuntypisches zu lernen.

Ich blickte zur Wand hinter mir. Alec saß dort auf dem kahlen Boden. Irritiert wandte ich meinen Kopf wieder ab. Ich hatte gewiss nicht damit gerechnet, dass er nur Jeans trug. Zum Glück sah er jetzt nicht, wie verlegen mich das machte. Aber auf Sascha war Verlass. Ein kurzer Blick zu mir reichte aus. Er lachte auf einmal so laut, dass ich schnaubend aufstand.

»Tu halt so, als ob du noch nie einen männlichen Oberkörper ohne Kleidung gesehen hättest«, zog mich

Sascha auf, als ich vorbeilief.

»*Er ist ein Drache*«, knurrte ich meinen Bruder an.

»O bei allen Mächtigen, das ist in dieser Form total egal!«

»Schämt sie sich?«, fragte Calom belustig.

Mein Bruder nickte breit grinsend. Die warme Brise ließ mich wieder zu einem Menschen werden.

Alec erhob sich von der Wand und kam zu uns. »Als ob du dich anders angestellt hast, als Fenja ihr dreckiges Shirt ausgezogen hat.« Er sah zu meinem Bruder.

Ich zog die Augenbraue hoch. »So, so.«

Sascha streckte mir die Zunge heraus.

»Ihr seid wirklich Geschwister?«, wollte Calom wissen.

»Ja, wieso?«, fragte ich.

»Es ist, soweit wir wissen, noch nie vorgekommen, dass Geschwister ... na ja.«

Sascha streckte sich. »Vater vermutete, dass ich ein Notfallplan der Bestimmung bin.«

Ich verdrehte die Augen. »Das ist Blödsinn«, sagte ich, wie ich es immer tat, wenn es darum ging. »Du bist mein rechtmäßiger Beschützer. Es ist kein Notfallplan oder aus Versehen passiert. Es war vorherbestimmt.«

»Aber Vater sagte ...«

»Es ist mir egal, ob das Zeichen erst kam, als sie dich von mir wegnehmen wollten«, fauchte ich ihn an. »Du tust gerade so, als ob du nicht mein Beschützer sein wolltest.«

»Ruhig Blut, Alizee, ich bin hier bei dir und du wirst mich nicht los. Aber wir haben schon allein deshalb ein stärkeres Band, weil wir weiße Geschwisterdrachen sind. So gesehen, sind wir Zwillinge.«

Wütend verschränkte ich meine Arme.

»Hey, du bist doch mein kleiner Windteufel.«

»Das ändert nichts daran, dass es so rüberkommt, als ob du es nicht willst.«

»Ehrlich gesagt, bin ich froh, dass wir so sind, wie wir sind. Ich habe Calom und Fenja gesehen. Sie sind ein Team, ohne Frage, aber wir beide ...« Saschas Blick ging kurz zu dem anderen Beschützer, »... sind einfach mehr.«

»Wir hatten nicht so viel Zeit wie ihr«, knurrte Calom.

»Selbst wenn ihr sie gehabt hättet, glaube mir, ihr werdet nie an diese Verbindung von mir und Alizee rankommen.«

»Das werden wir sehen!« Calom schnaubte, warf das Schwert auf den Boden und verließ unser Zuhause ohne ein weiteres Wort. Die Tür krachte laut ins Schloss. Der konnte das ja fast so gut wie ich!

»Ihr habt ihn an der Ehre gepackt«, meinte Alec. »Ich gehe ihm mal nach.«

Sascha und ich blickten ihnen hinterher.

»Alizee, du bist meine Schwester und ich liebe dich. Wir sind ein Team. Manchmal gibst du mir aber das Gefühl, dass ich nur ein dummes Anhängsel von dir bin.«

Ich wandte mich meinem Bruder zu. »Es tut mir leid, wenn du das Gefühl hast. Aber ich schwöre dir, dass ich dir nie diesen Eindruck vermitteln wollte. Ich brauche dich.« Meine Augen fingen an zu brennen. »Ohne dich fehlt mir ein Teil meiner selbst.«

»Dann sei nicht so stur und komm mit.«

»Du willst das wirklich machen?«, fragte ich.

»Ja. Ich glaube Olga in der Hinsicht, dass Fenja ohne uns nicht lange überleben wird.«

Seufzend stimmte ich zu. »Du weißt, dass Calom recht hat in Sachen Zeit und so.«

»Nein, die Zeit, die die beiden miteinander verbracht

haben, spielt keine Rolle.« Er beugte sich zu mir. »Wir haben den Geschwisterbonus.«

Lachend schüttelte ich den Kopf und rieb mir die Arme. »Aber wir gehen wieder weg, sobald Fenja die Grundlagen der Elementarmagie beherrscht.«

»Wenn Fenja und Calom es können.«

»Okay«, gab ich mich geschlagen. Ich tat es für meinen Bruder. Er war das Wichtigste für mich. Nie wollte ich ihm das Gefühl geben, dass er nichts wert wäre, denn für mich war er alles.

Sascha nahm mich in den Arm. »Du bist toll!«

Kurz genoss ich seine Umarmung. »Warum bist du so schmusig?«, fragte ich ihn leise.

»Weil ich das manchmal auch brauche.«

Ich verdrehte die Augen und klopfte auf seinen Rücken. Doch irgendwie war mir auch klar, dass diese Umarmung eher darin ihren Ursprung hatte, dass er Zuneigung geben wollte und sich ihm seine Partnerin noch nicht gezeigt hatte. Wir waren eben Drachen, die sich einiges von den Menschen abgeschaut hatten, auch wenn wir am

Anfang beide die Nase gerümpft hatten, wenn wir Menschen sahen, die sich umarmten und nur Geschwister oder Freunde waren. Doch trotzdem kannte ich meinen Bruder nicht so und fragte mich, ob es noch einen anderen Grund gab, warum er wieder ins Waisenhaus wollte.

Als Calom und Alec eine Stunde später zurückkamen, war Ersterer immer noch wütend. Mir war klar, warum er trotzdem wieder da war, obwohl ich gehofft hatte, dass er aufgeben würde. Sie brauchten uns. Die Luft um Calom knisterte. Irgendwie konnte ich es ihm auch nicht verübeln. Ich hatte ja mitbekommen, dass die Hüterin jahrelang in

Olgas Waisenhaus gesessen und die ganze Zeit nichts über ihr Schicksal gewusst hatte. Um ehrlich zu sein, hatte ich sie damals beneidet. Jetzt nahm ich das zurück und wollte nicht in ihrer Haut stecken. Fenja und auch Calom fehlte jahrelanges Hütertraining. Der Zusammenhalt der beiden war durchaus vorhanden, sonst hätten sie vermutlich nicht gegen Ramon gesiegt. Aber es war eben nicht so, wie es sein sollte. Darum wurden Hüter und ihr Beschützer normalerweise schon zusammengelegt, wenn sie noch in den Eiern waren, um sich auf anderer Ebene kennenzulernen. Vielleicht war Alec genau deswegen vom Schicksal als Fenjas Begleiter ausgewählt worden; Calom und er waren Brüder, somit verband Fenja auch mehr mit Calom. Als ob das Schicksal gewusst hätte, dass Fenja von uns Drachen getrennt aufwachsen würde und keine Verbindung zu ihrem Beschützer würde aufbauen können. Eine geschwächte Verbindung war besser als keine. Zumindest war dies meine Vermutung. Wie das Schicksal sich wirklich für Fenja, Calom und Alec gestaltete, konnte ich nicht wissen.

Ich stand auf und nahm Caloms Schwert vom Boden. »Lektion eins, die Waffe ist nutzlos«, sagte ich und warf es ihm vor die Füße.

»Was soll der Mist?«, fragte er mich und beugte sich, um seine Waffe aufzuheben.

Ich rief den Wind und ließ ihn das Schwert an die Wand hinter mir wehen, sodass es darin steckenblieb. »Du willst ein Beschützer sein? Dann kämpfe mit dem, was dir niemand nehmen kann. Du hast Klauen!« Dass er seinen Körper mit der Elementarmagie zu einer Waffe machen konnte, behielt ich vorerst für mich. Sonst würde er sich vermutlich gleich darauf stürzen wollen.

Caloms Blick ging zu meinem Bruder. »Aber er will den Schwertkampf doch auch lernen.«

»Sascha ist perfekt. Er ist nur wissbegierig, was die Dinge angeht, die er nicht kennt.«

Belustigt zog Calom seine Mundwinkel nach oben. »Niemand macht mir im Schwertkampf etwas vor.«

»Dann hol dir dein Schwert und greif mich an.«

Alec schüttelte den Kopf. »Das würde ich nicht machen.«

Doch sein Bruder lief an mir vorbei und auf sein in der Wand steckendes Schwert zu.

»Ich tue ihm nicht weh«, meinte ich zu Alec, der nur weiter seinen Kopf hin und her bewegte. Vermutlich verzweifelte er gerade an der Dummheit seines Bruders.

Sicher war es gemein; mein Element erlaubte mir so viel mehr als das Wasser. Doch mein Bruder war Wasser und daher wusste ich, was in den beiden steckte.

Wie eine unsichtbare Schlange legte ich Calom die Luft in den Weg. Als er näher zu seinem Schwert trat, wickelte sie sich schnell um sein Bein und zog ihn in die Höhe.

»Was soll der Scheiß?«, fluchte er lautstark.

»Bist du ein Mensch oder ein verdammter Beschützer?«

»Lass mich runter!«, schrie er mich an.

Ich sah zu meinem Bruder. »Zeig ihm, wie das ein wahrer Beschützer geregelt hätte.«

Eine Handbewegung und das Wasser schlängelte sich die Wand empor und zog das Schwert heraus. Zügig und geräuschlos kam es zu Sascha.

»Ihr beide seid mit dem Wasser verbunden, warum nutzt du es nicht?« Ich zog mein Element zurück und Calom knallte auf den Boden. Sein Blick war grimmig auf mich gerichtet.

Ich kniete mich zu ihm. »Ein Schwert ist etwas, was du in die Hand nehmen musst. Ein geübter Feuerdrache schmilzt es in Sekunden. Ein Wind- oder Wasserdrache entreißt dir die Waffe und wendet sie gegen dich. Erddrachen können Pflanzen beschwören, die dich dazu bringen, dir die Klinge selbst ins Herz zu rammen.« Ich erhob mich. »Wenn Olga es gewollt hätte und sie wirklich die böse Hexe gewesen wäre, für die ihr sie gehalten habt, dann hättet ihr nicht den Hauch einer Chance gegen sie gehabt.«

Die Luft veränderte sich. Es roch nach frischem Regen. Meine Füße wurden umspült. Zumindest verstand Calom schnell. Nur hatten wir dieses Thema schon: Das Wasser konnte mir nichts anhaben. Schnell zog ich mein Element zu mir. Seines klatschte gegen die Luftwand, die ich erschaffen hatte, und ich drehte den Spieß um. Ich drückte das Wasser um ihn. Er war wirklich stark und seine Wut spürte ich vibrieren. Ich schloss Calom und sein Wasser in eine Lufthülle ein.

Wild klopfte er gegen die Schicht, selbst durch die Verwandlung in einen Drachen konnte er sich nicht befreien.

»Du bringst ihn um«, keuchte Alec entsetzt und kam zu uns.

»Sie weiß, was sie tut«, meinte mein Bruder und verwandelte sich ebenfalls. »*Ich helfe ihm.*«

Minuten verstrichen. Sascha redete in Gedanken mit Calom, doch der wollte nicht auf meinen Bruder hören. Ich spürte die Verzweiflung von Sascha; dass Calom die Verwandlung hinbekam, war ihm wichtig. Gerade als ich dachte, das Schicksal hätte sich in ihm geirrt und Calom sei gar nicht der Beschützer der Flammenhüterin, spürte ich, wie sich der Druck von innerhalb der Luftblase veränderte. Mein Bruder strahlte sichtlich stolz und nickte mir zu. Die Blase platzte, und in einer Wasserpfütze war eine nach Luft schnappende Drachengestalt zu erkennen.

Kopfschüttelnd kniete ich mich zu ihm. »Calom, du bist das Wasser. In diesem Zustand brauchst du keine Luft.«

Nach kurzer Zeit hatte er sich beruhigt und lag als Calom-Pfütze still auf dem Boden.

Ich lächelte erfreut. »Siehst du.«

Wenn Fenja so schnell lernte wie er, waren Sascha und ich im Nu wieder hier in unserem Zuhause und hatten unsere Ruhe.

»Kann ich das auch?«, wollte Alec wissen.

»Nein«, antwortet Sascha. »Nur Hüter und Beschützer können eins mit ihrem Element werden.«

»Was ist jetzt mit ihm?«, fragte Alec und wirkte betrübt.

Ich richtete mich auf. »Calom braucht Zeit für seine Verwandlung.« Mein Blick ging zu Alec. »Bist du bereit, dein Inneres nach außen zu kehren und dich deinem Element voll und ganz hinzugeben?«

»Was?«

»Alizee, er ist nur ...«

Kopfschüttelnd unterbrach ich meinen Bruder: »Nein, Sascha, er ist bestimmt worden. Nur weil die Alten sagen, dass nur der Beschützer es kann, heißt das nicht, dass es auch wahr ist.«

»Er wird sterben!«

»Wir sind da.«

Alec straffte die Schultern. »Wenn ich damit Fenja retten kann!«

»Und genau deswegen denke ich, dass es funktioniert«, erklärte ich.

Sascha packte mich am Arm. »Die Alten haben …«

»Laut Vater sind du und ich eine Seltenheit und außergewöhnlich. Und diese beiden Brüder ebenfalls. Warum nimmst du dann an, dass das, was irgendwelche Alten gesagt haben, wahr ist?«

»Weil es seit Jahrhunderten so weitergegeben wird«, meinte er mit drohender Stimme.

»Es hieß auch, dass Hüter nur sterben können, wenn sie zur Insel der Drachenhüter fliegen und die Drachenfrucht essen oder von einer Waffe oder Klaue getroffen werden, die mit dem Gift benetzt sind. Aber diese Insel ist seit Jahrhunderten nicht aufzufinden und trotzdem sterben die Hüter.«

Sascha schloss die Lider und rieb darüber. »Angenommen, Alec kann das. Hast du mit eingerechnet, dass Calom stärker ist und er eben fast erstickt wäre?« Ernst sah er mich an. »Du schickst Alec in den Tod, er ist zu schwach für die Verwandlung in sein Element.«

Alecs Kiefermuskeln spannten sich an. »Ich kann das!«

»Nimm es mir nicht übel, aber das glaube ich nicht«, entgegnete mein Bruder.

Beide sahen mich flehend an. Der eine sagte: ›Lass es uns versuchen.‹ Der andere: ›Bitte tu es nicht.‹

Ein Platschen ließ mich zu Calom blicken. Er war wieder ein Mensch.

»Fenja wird dich umbringen«, sagte er keuchend zu mir. »Wenn etwas mit Alec ist, wird sie zu einem Vulkan.«

Ich winkte ab. »Da muss sie aber schneller sein als der Wind.«

»Nicht witzig«, zischte Sascha.

Ich streckte ihm die Zunge heraus. »Keiner ist hier in Gefahr, solange ich mein Element beherrsche.«

Alec trat ein Schritt nach vorne. »Dann tun wir es.«

»Du kannst nicht mal das Wasser rufen. Wie willst du ein Teil davon werden?«, sagte Calom, während er sich mühsam aufrappelte.

»Ich schaffe das!«

Bevor ich etwas sagen konnte, begann Sascha: »Lerne, das Wasser zu rufen, und wir werden dir helfen.« Mein Bruder streckte Alec die Hand entgegen. »Einverstanden?«

Keine Ahnung warum, aber Alec lächelte und schlug ein. »Ja!«

»Okay, dann lasst uns unsere Sachen zusammenpacken, damit wir loskönnen«, befahl Sascha.

Die beiden Brüder sahen zu mir.

»Danke«, sagte Calom.

»Bedanke dich nicht, du hast keine Ahnung, was auf dich und Fenja zukommt. Das gerade war Lektion eins.«

»Was kann schlimmer sein als das gerade eben?«, fragte Alec.

»Die Verbindung mit Fenjas Element«, antwortete Sascha.

Ich wandte mich ab und ging zu meiner Decke, die in der Ecke lag. Tief holte ich Luft, als ich den Wollstoff zusammenfaltete. Sicher war mir klar gewesen, dass noch sehr viel Arbeit vor mir und Sascha lag, aber ich hatte gehofft, dass es doch nicht so schlimm werden würde. Ich konnte nur hoffen, dass Fenja so schnell lernte wie Calom.

»*Wir schaffen das*«, hörte ich Sascha.

Matt lächelte ich ihn an. Was sollte ich auch sonst machen? Mir gefiel nicht, was vor uns lag, aber ich tat es für ihn.

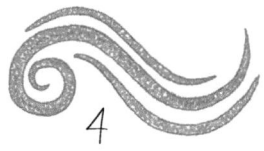

4

Schon von Weitem erkannte ich das alte Kloster, das Olga zu einem Waisenhaus gemacht hatte. Je näher Sascha, Calom, Alec und ich dem Gebäude mit der Kirche kamen, umso mehr hatte ich das Gefühl, dass ich umdrehen sollte. Mein Blick glitt zu Sascha, der mir zuzwinkerte. Mir blieb nur zu hoffen, dass wir schnell wieder hier wegkonnten. Auf einer Anhöhe vor dem Waisenhaus strahlte uns der Leuchtturm der Flamme entgegen. Als ich das letzte Mal hier gewesen war, lag hier alles unter einer glitzernden Schneemasse begraben. Damals hatte ich gescherzt, dass der Schnee sich wie ein Pelz um das Waisenhaus gelegt hatte. Olga hatte mich tadelnd angesehen und gemeint: ›Aieda ist gestorben, daran ist nichts witzig!‹

Jetzt zumindest blühte die Wiese zwischen Meer und Schotterstraße. Und der Wald erstrahlte in einem hellen Grün. Sascha und die Brüder flogen weiter, aber ich landete am Lampenhaus des Leuchtturms. Die Schuppen ließ ich vom Wind wegblasen. Mein Vater hatte mir erzählt, dass die Hitze, die der Leuchtturm abgab, für einen Winddrachen eine warme Umarmung wäre. Konnte ich gerade nicht bestätigen, es war eher wie ein seichter Luftzug; er war da, aber kaum spürbar. Sicherlich hatte Fenja noch nicht ihre ganze Kraft erreicht. Doch irgendetwas sagte mir, dass es auch noch andere Umstände gab, die dafür verantwortlich waren, dass der Leuchtturm noch nicht so strahlte wie er sollte.

„Hier haben Unbefugte keinen Zutritt." Ein junges Mädchen kam auf mich zu. Sie hatte schwarzblaue Haare und roch nach Feuer. Das musste sie sein. Dieses zierliche Etwas war also Fenja.

»Ich bin hier genauso unbefugt wie du«, sagte ich und verschränkte meine Arme. Zeitgleich mit ihr.

»Ach ja?«

»Ich bin Alizee.«

»Sie haben es wohl geschafft, dich zu überreden«, meinte Fenja und zog ihren Pullover an den Ärmeln weiter hinunter.

Etwas, das andere Drachen nie tun getan hätten.

Unsere Narben zeichneten uns aus, jeder hatte sie. Bei der Geburt hingen unsere Flügel an unseren Armen fest, später lösten sie sich und an jedem Arm blieb diese feine Narbe.

Im Gegensatz zu Fenja zog ich meine Jacke nun aus. »Warm, oder?«, fragte ich sie, ohne auf sie einzugehen.

»Ich bin nicht begeistert davon, dass du mich trainieren willst. Der Letzte, der sich dazu angeboten hatte, wollte mich umbringen und mir meine Kraft rauben«, überging sie nun mich.

Okay, dieses Spiel konnte sie anscheinend auch. Ich verkniff mir ein Lachen. Fenja war wirklich sturer, als ich gedacht hatte.

»Glaub mir, ich will mit dem Hütermist nichts zu tun haben. Aber du bist zu schwach und das ist für unsere Art nicht gut.«

»Ich bin nicht schwach«, fauchte sie mir entgegen und plötzlich war sie verschwunden. Zumindest hatte es den

Anschein. Die warme Luft aber verriet mir, dass sie nur eine Illusion erschaffen hatte.

»Wen willst du damit beeindrucken?«, fragte ich sie.

»Illusionen kannst du erschaffen, das muss ich dir lassen. Aber kannst du auch das?« Ich hob meine Hand. Der Wind nahm zu, schlang sich um meinen Körper, meinen Arm entlang, und ich ließ ihn zu einem Wirbelwind werden.

»Alizee«, vernahm ich Olgas tadelnde Stimme. Sie stand am Fuß des Leuchtturms, weiter links, Richtung Waisenhaus.

»Ja?«, gab ich von mir, ohne zu ihr hinunterzusehen. Ich war nicht dumm, Fenja würde meine Ablenkung ausnutzen, wenn ich den Blick abwenden würde.

»Lasst den Unfug, du verletzt sie noch.«

Schnaubend ließ ich den Wind wieder zu meiner Hand werden. »Wenn du mich jetzt angreifst«, zischte ich leise zu Fenja, »wirst du dir wünschen, dass ich nie hierhergekommen wäre.«

»Keine Angst, das tue ich jetzt schon!«

Da waren wir ja schon zu zweit.

Ich glitt auf einem Windstoß vom Leuchthaus hinunter zur Erde. »Hey«, sagte ich zu meiner Tante und lächelte sie an.

Die alte Frau hatte ihre Haare zu einem Dutt zusammengebunden. Vor ein paar Monaten hatte sie noch eine Schwesternkutte getragen, das war anscheinend vorbei.

Schwer kam Fenja als Drache neben uns auf. Ich verdrehte die Augen. Kindergarten, dachte ich mir und beachtete sie nicht.

»Fenja, vermutlich weißt du schon, dass Alizee dich trainieren wird. Sie kann dir beibringen, was dir fehlt«, erklärte Olga. Es roch verkohlt.

»Ich brauche sie nicht!«, fauchte Fenja, die sich in ihre menschliche Form zurückverwandelt hatte.

»Immer dieser Sturkopf«, brummte Olga. Sie wandte sich an mich: »Fenja braucht dich und ich will, dass du sie unterstützt.«

»Was genau soll ich ihr beibringen?«

»Eine Hüterin zu sein«, meinte die alte Frau und legte ihre Hand auf meine Schulter. »Du bist damit großgeworden. Ihr fehlt es an allem.«

»Ich kann das allein, ich brauche sie dazu nicht!«

Olga seufzte. »Du bist stur und stark, aber nicht dumm. Fenja, du brauchst Alizees Führung und ihr Wissen.«

Ich drehte mich zu dem Mädchen, das alles andere als begeistert aussah. »Du denkst, du bist stark genug? Dann kämpfe gegen mich.«

»Ich habe schon genug Drachen auf dem Gewissen«, sagte sie in einem Ton, den ich nicht einschätzen konnte. War es Verbitterung, dass sie es getan hatte, oder Wut darüber, dass ihre Gegner sie gezwungen hatten, sich zu wehren? Ich wusste es jedenfalls nicht.

»Solltest du mich mit deinen Flammen treffen, brauchst du nicht mit mir zu trainieren. Und ich brauche nicht mit der Schande zu leben, dass ich versagt hätte.«

»Was kannst du mir schon anhaben?«, meinte sie.

»Ich könnte in deine Lunge eindringen und dir die Luft abschnüren.«

Sie riss ihre Augen auf und starrte mich ungläubig an.

»Ich bin die Luft, ich kann ein Teil davon werden. Du atmest. Also, was hält mich auf?«

»Du kannst ...« Sie schüttelte den Kopf. »Das geht nicht!«

»Sie kann«, hörte ich von Calom, der hinter Olga auftauchte. Ich hatte gar nicht mitbekommen, dass er und sein Bruder zu uns gelaufen waren. »Und sie hat mir gezeigt, dass ich es auch kann.«

»Hütermagie«, sagte ich, bevor Fenja fragen konnte, wie es funktionierte.

»Aber warum wusstest du davon nichts?«, gab sie von sich und stemmte ihre Hände in die Hüfte. Enttäuscht sah sie erst ihren Beschützer an und dann Olga. »Oder du!«

Calom seufzte, aber Alec trat vor und fing an zu erklären: »Du weißt, dass wir unser Wissen von Vater haben.« Er nahm ihre Hand. »Und dass er uns vieles nicht gesagt hat. Du hast Sascha kämpfen sehen. Das war ein ganz anderes Level als das, was Vater uns gezeigt hatte.«

Allein diese kleine Berührung von ihm ließ Fenja lächeln. Ich wandte meinen Blick ab. Keine Ahnung, warum mich das gerade etwas schmerzte.

Olga räusperte sich. »Ich wurde nicht eingeweiht, was Hüter können oder nicht. Ich wusste nur von Alizees Vater, dass sie zu deutlich mehr fähig sein sollten, als in Drachengestalt zu agieren und ihr Element auszuspeien.«

»Ich bin dann mal unten«, sagte ich.

»Unten?«, hörte ich Calom fragen, als ich loslief.

Ob ihm jemand von dem verzauberten Hain erzählt hatte, der etwas unterhalb und hinter dem Waisenhaus lag, wusste ich nicht. Ich hatte nur dieses stechende Gefühl und das Bedürfnis, allein zu sein; beides war in diesem Moment stark. Ich lief auf das Waisenhaus zu, durch das Haupttor und Richtung Garten. Statt verzauberten Gewächshäusern waren dort jetzt offene Beete, in denen frisches Obst und Gemüse spross. Durch eine Gartenhütte ging es hinab zum Hain. Mein Vater hatte mir erzählt, dass dieser unterirdische Bereich einst die Höhle gewesen war, in der die Flammenhüterin lebte. Genauso etwas gab es auch für jede andere Hüterin. Aber die Zeiten hatten sich geändert. Das Misstrauen gegenüber anderen Drachennestern hatte abgenommen und manche Hüter lebten mit anderen Drachen zusammen. So wie wir das getan hatten. Dort, in unserem Clan, hatte auch Fenjas Mutter gewohnt, bis die Hüterin vor ihr verstorben war. Dann hatte sie sich von allen abgewandt und war in eine Höhle unweit von hier gezogen.

Mein Bruder lehnte an der Tür der Gartenhütte. Ich ballte meine Hände zu Fäusten, wollte meine Gefühle nicht zeigen.

Sascha lächelte mich sanft an. »Was ist denn los?«

»Zu viele Erinnerungen«, log ich ihn an. Sicher hatten wir hier auch mal was erlebt, aber nichts, was so großartig gewesen wäre, dass es in mir so ein Chaos hervorgerufen hätte.

Sein »Ah ja« sagte mir, dass er mir meine Lüge nicht abkaufte. Er wusste aber auch, dass ich nicht getröstet werden wollte.

»Wir schaffen das.« Sein Lächeln sollte mich vermutlich aufmuntern. »Wir haben uns.«

»Danke«, flüsterte ich.

»Na komm, lass uns runtergehen.«

Ich nickte ihm zu. Gemeinsam folgten wir dem Gang unter die Erde, bis wir den Hain erreichten. Auf der einen Seite, unter dem weißen Halbkreis des Hütersymbols, waren provisorisch Steine aufgetürmt, um ein riesiges Loch zu verdecken. Der Obelisk des Windes fing an, die Luft um sich in Schwingungen zu versetzen, als ob er mich willkommen heißen würde. Um den des Feuers flimmerte die Luft. Die beiden anderen, Wasser und Erde, verhielten sich wie gewöhnliche Steinobelisken. Der Bach, der sich wie ein Kreis um die Säulen zog, plätscherte seicht dahin. Es gab keinen Zu- oder Abfluss, aber er drehte auf magische Weise seine Runden. In der Mitte, zwischen den Obelisken, befand sich ein kleiner Erdhaufen, warum, wusste ich nicht. Ich schloss meine Lider und sog die Düfte des Waldes ein. Holz, Tanne, Gras und leicht salziges Wasser.

Mein Bruder schritt voran und verwandelte sich beim Laufen in einen Drachen. Er tauchte seine Schnauze in den Bach und nahm einen Schluck. »*Komm schon.*«

Ein Wasserstrahl spritzte mir ins Gesicht.

»Wie alt bist du?«, fragte ich ihn. Sascha grinste mich an.

Der nächste Strahl kam geschossen, den ich aber mit einer Handbewegung in Tröpfchen zerteilt. Sie flogen an mir vorbei, sahen aus wie Regentropfen an einem Fenster.

Sascha stieß mit seiner Klaue meinen Fuß an. »Was ist wirklich los mit dir?«, fragte er nach der Verwandlung zurück in seine menschliche Gestalt.

»Weißt du noch, als du und ich hier waren, mit Papa? Als er meinte, er müsse das Windrad erneuern?«, fragte ich.

Er nahm neben mir Platz. »Du meinst, als du gerade sechs warst und fast das ganze Waisenhaus hochgehoben hast und Olga dich am liebsten erwürgt hätte?«

Ich grinste. Schon sechzehn Jahre waren seitdem vergangen. »Damals war ich so stolz auf meine Kraft und was ich alles konnte.« Bis mein Vater wiederkam und mein Können niedergemacht hatte. Ich sei nur ein Kind, das sich überschätze, hatte er mich getadelt.

»Ja, die Zeiten haben sich geändert.«

Eine zweite Tür ging auf, nicht unweit von dem Gang, an dem wir saßen. Ein weiterer Drache trat ein. Ich wusste, dass sie ein Wasserdrache war. Dies verrieten auch ihre weißblauen Haare.

»Ich soll euch zu euren Zimmern bringen«, sagte sie zu uns. „Mein Name ist Andrea."

»Wir bleiben hier«, antwortete mein Bruder.

»Das wird bei uns nicht geduldet. Olga sagte mir, ich solle euch dies ausrichten: Solange ihr hier seid, habt ihr euch an unsere Regeln zu halten.«

»Ich kann auch gehen«, meinte ich darauf.

Sascha lachte kurz auf.

Ich erhob mich. »Ihr wollt meine Hilfe, ich brauche euch nicht«, fauchte ich. Meine Haare fingen schon an, sich durch den Wind zu bewegen.

»Doch, wir brauchen ihre Hilfe«, meinte Sascha.

Ich blickte zu ihm. »Wie bitte? Du hast doch einen Knall. Ich brauche diese Göre nicht.«

»Fenja ist das Feuer. Du hast gespürt, dass sie schwach, untrainiert und zu unerfahren ist.«

»Eben, das ist SIE.«

»Ja, und wir brauchen sie, wenn ...«

»Das Feuer erlischt, bla bla«, äffte ich ihn nach. »Das sind Vermutungen, nichts weiter. Ich gehe, macht den Mist allein.«

Nur ein paar Schritte ließ mich mein Bruder gehen, ehe er mich festhielt.

»Du hast die Winter miterlebt! Wir hatten nur Glück, dass Fenja schon da war.« Er seufzte. »Alizee, wir brauchen sie. Die Welt braucht eine lebendige Fenja.« Seine Nachdrücklichkeit sagte mir, dass es ihm vollkommen ernst war.

»Warum sollte ich sie brauchen?«

»Weil sie ein Drache ist.«

»Was für ein beschissenes Argument!«

Er machte ein paar Schritte. »Ich denke, ihr beide

könntet echt gute Freundinnen sein, ihr seid euch recht ähnlich.«

»Spinnst du?«

»Okay, dann anders. Tu es für mich, Alizee. Ich ... Mein Gefühl sagt mir, es ist das, was wir tun sollten.«

»Aber ich brauche sie nicht«, sagte ich und verschränkte die Arme.

»Ich bin da anderer Meinung.« Er reichte mir die Hand. »Tust du es für mich, deinen lieben Bruder?«

Ich verdrehte die Augen. Ich hasste es, wenn er diese Masche abzog. Sascha kannte mich und wusste, für ihn würde ich fast alles tun.

»Sag schon ja.« Sein Grinsen ließ mich schon erahnen, dass ich dieses Mal nicht gewinnen konnte. Er würde solange nach Argumenten suchen, bis ich endlich zustimmte.

»Ich werde mich nicht mit ihr anfreunden«, knurrte ich.

5

Hier oben im Waisenhaus war ich noch nie gewesen. Durch einen dunklen, langen Gang und über eine Reihe von Treppen kamen wir in ein Büro. Zumindest hielt ich es dafür, da ein Schreibtisch vor dem Fenster stand, auf dem Akten lagen, und die Wände mit Schränken bestückt waren. Der Geruch von Weihrauch, der auch stark an Olga haftete, war hier intensiv und zeigte an, dass dieses Zimmer von ihr am meisten benutzt wurde. Der Zugang, aus dem wir in das Büro traten, sah wie eine Wand aus, wenn sie geschlossen war; es sollte wohl niemand wissen, dass es dort einen Gang gab, der zum Hain der Drachen führte.

Als Andrea die Tür öffnete, die uns am entferntesten lag, trug der Wind den Geruch von Parfüm zu mir. Hinter der Tür erstreckte sich ein langer Flur. Wie selbstverständlich folgte mein Bruder dem Korridor.

Alles schien frisch renoviert zu sein. Die Wände erstrahlen in Weiß und der Boden war mit einem hellen Teppich versehen. Bilder waren keine angebracht, nicht einmal an den Türen, an denen ich vorbeilief. Eine von ihnen stand offen und dahinter herrschte Chaos, eindeutig das Zimmer eines Jugendlichen.

Wir kamen an eine Steintreppe, die nach oben und unten führte. Andrea und mein Bruder nahmen die Stufen nach oben, aber ich warf einen Blick hinunter und entdeckte

Fenja mit Alec. Sie verdrehte gerade die Augen und er schien auf sie einzureden.

»Alizee«, rief Sascha.

Fenja sah zu mir herauf. Um sie herum fing die Luft an zu verschwimmen. Sie hatte ihr Element definitiv nicht unter Kontrolle. Ruckartig hob sie ihre Hand und zeigte mir den Mittelfinger. Mit hochgezogener Augenbraue wandte ich mich ab. Ich war kurz davor, es ihr gleichzutun, aber aus diesem Alter war ich raus.

Sascha stand auf den Stufen und schüttelte seufzend den Kopf. Sein schiefes Grinsen konnte er nicht verbergen. Im Grunde wusste ich, was er dachte: ›So warst du auch mal.‹

Er atmete tief durch. »Na komm.«

Ich nickte.

Im Dachgeschoss öffnete Andrea die Tür zu einem Zimmer. »Das ist deines, Alizee.«

»Wie bitte?«, fragte ich.

»Schwerhörig?«

»Meines? Ich und Sascha nehmen ein Zimmer zusammen!«

»Nein, jeder bekommt sein eigenes. So ist die Hausvorschrift. Nur Drachenpaare wie Fenja und Alec dürfen sich ein Zimmer teilen, oder willst du sagen, dass ihr, du und dein Bruder ...«

Angewidert zog ich meine Nase kraus. »NEIN!«

Sascha ignorierte uns und schob eine Tür genau gegenüber auf. »Hier schlafe ich.«

»Wie kannst du nur, wir haben immer zusammen in einem Zimmer geschlafen!«

»Alizee, wir ...«

Verstand er nicht, dass das alles gerade zu viele

Veränderungen waren für mich, Veränderungen, die ich nicht wollte? Ja, wir waren auch mal für Tage getrennt gewesen. Aber er wusste auch, dass ich ihn dann immer vermisst hatte.

»Du bist mein Beschützer und mein Bruder. Ich bestehe darauf, dass du in meinem Zimmer schläfst!«

Sascha blickte zu Andrea. »Können Sie uns alleine lassen?«

Sie nickte, drückte sich an uns vorbei und nahm die Treppe nach unten. Erst als sie nicht mehr zu sehen war, blickte mein Bruder wieder zu mir.

»Ich will das nicht«, flüsterte ich.

»Alizee, wir sind hier sicher. Du brauchst mich nicht mehr ständig an deiner Seite.«

»Es ist deine PFLICHT!«

»Du hast recht. Aber wir sind keine Kinder mehr und wir ...«

»Scheißegal«, fauchte ich. Wind kam auf.

»Mann! Alizee, hör auf mit dem Mist! Ich bin keine drei Meter von dir entfernt. Dasselbe Haus, nur ein anderes Zimmer. Hätte das Lagerhaus auch Räume gehabt, wären wir da genauso getrennt gewesen.«

»Das war's, ich fliege zurück!«

»Dann bist du allein, denn ich werde ihnen helfen.«

Ich schluckte den Kloß in meinem Hals hinunter. »Ist dir das alles egal, bin ich dir egal geworden?«

»Rede nicht so einen Müll daher. Ich muss dich beschützen und das tue ich.«

»Klar, indem du mich alleine lässt!« Mein Haar flatterte wild nach hinten.

»Nein.« Er wischte sich über das Gesicht. »Weil Fenja in Gefahr ist!«

47

»Fenja, Fenja, Fenja, ich bring sie persönlich um«, schrie ich. Das Haus fing an zu beben, die Luft pfiff durch jeden Spalt.

Er griff nach meinem Arm und drückte fest zu. Seine Magie unterdrückte meine. Alles war plötzlich ruhig.

»Bevor du das Haus gleich abreißt, hörst du jetzt zu.« Er kam mir nah. »Sie ist die letzte Flammenhüterin. Ohne ihr Feuer wird die Welt gefrieren. Das weißt du genauso gut wie ich. Ohne die Flammenwärme werden die Erddrachen sterben und danach die Wasserdrachen. Sie wäre mir im Grunde so was von scheißegal, wenn es noch eine andere Hüterin geben würde. Tut es aber nicht.« Er ließ mich los. »Indem ich mit ihnen trainiere, beschütze ich dich.« Er trat einen Schritt nach hinten. »Ich weiß, dass du dich wehren kannst. Darum: Wenn du gehen willst, dann geh.«

»Okay«, gab ich von mir und rannte die Treppe hinunter.

Ich hatte das Gefühl, dass gerade meine ganze Welt zusammenbrach. Immer weiter lief ich die Stufen nach unten, bis ich in der Eingangshalle anlangte. Meinem Bruder war ich egal. Dieser Satz spukte in meinem Kopf herum.

Auf den letzten Stufen hinter der Eingangstür stieß ich mit jemandem zusammen.

»Alizee, was ist los?«, hörte ich Calom sagen.

»Sie zerstört alles, was ich geliebt habe.«

»Wer?«

»Diese ...« Ich konnte nichts Beleidigendes aussprechen. Es fühlte sich nicht richtig an, obwohl ich diesem Mädchen am liebsten Hunderte von Verwünschungen an den Kopf geworfen hätte.

»Es geht um Fenja«, seufzte er. »Ich verrate dir ein

Geheimnis: Manchmal geht sie mir auf die Nerven.«

»Du bist ihr Beschützer«, sagte ich.

»Schon, aber deswegen muss ich nicht alles toll finden, was sie so treibt.« Er nickte zum Wald, der sich hinter dem Waisenhaus erstreckte. »Lass uns ein Stück gehen.«

»Ich will weg.«

»Kannst du danach auch noch.« Ich blickte nach rechts zum Meer, atmete die salzige Luft ein und nickte.

Wir gingen los und Calom lief neben mir. Ein schmaler Trampelpfad führte an der Kirche vorbei zu den Bäumen.

»Als ich Fenja das erste Mal sah, spürte ich schon, dass etwas zwischen uns war. Sie nannte es Freundschaft.« Er schüttelte den Kopf. »Weißt du, wie oft ich sie in Gedanken erdrossle? Oder wie oft ich schon gegangen bin und hab sie stehen lassen?«

»Es verändert sich gerade alles, und das will ich nicht.«

Er blieb stehen. »Seit ich klein war, will ich kämpfen, mich mit anderen messen und meinen Clan beschützen. Vor ein paar Wochen habe ich gegen einige aus meiner Sippe gekämpft und musste auch nicht gerade wenige von ihnen töten. Jetzt lebe ich hier in diesem Waisenhaus mit Menschen zusammen. Glaub mir, ich kenne das Gefühl.« Er blickte zu dem ehemaligen Kloster zurück. »Ich verstehe dich, aber auch deinen Bruder.« Sein Brustkorb senkte und hob sich stark. »Alizee, ich habe Angst, und das sage ich dir im Vertrauen. Von einer Sekunde auf die andere hieß es plötzlich, ich sei ihr Beschützer. Dein Bruder taucht auf, und ich habe nicht mal den Hauch einer Chance gegen ihn. Sicherlich sind diese anderen Drachen, die uns bedrohen, keine Hüter oder Beschützer, aber ohne euch und euer Wissen werde ich Fenja nicht beschützen können.« Er ging vor mir auf die Knie. Dass ihm das einiges an Überwindung kostete, sah ich ihm an. »Ich bitte dich, helft uns. Wir brauchen dich.«

Noch nie in meinem Leben war ich so hin- und hergerissen gewesen wie in diesem Moment. Mein Wunsch nach Freiheit gegen seine Angst.

»Ich kann nicht.«

Seine Lider schlossen sich. Als er mich wieder ansah, waren seine Augen glasig. »Ich bin verzweifelt, Alizee. Ich weiß, dass ich es ohne euch nicht schaffe.«

»Mein Bruder ...«

»Du bist aber die nächste Windhüterin. Du weißt Dinge, die kein Beschützer wissen kann.«

Ich schluckte und wischte mir über das Gesicht. »Sie will es doch gar nicht.«

»Fenja ist genauso wenig dumm wie du. Sie hat ein Problem mit Vertrauen und das kann ich, ehrlich gesagt, verstehen.«

Ich konnte das leider auch.

»Alizee, ohne dich schaffen wir es nicht.« Das ›und du weißt, was dann passiert‹ schwang nach.

Aber eigentlich wussten wir gar nicht, was wirklich passieren würde. Alles war reine Spekulation nach der Eiszeit der vergangenen Jahre, die über uns hereingebrochen war, als Fenjas Mutter gestorben war. Wirklich scharf darauf, es zu genau erfahren, war ich natürlich nicht. Im Grunde konnten wir von Glück reden, dass Fenja geboren worden war. Nur wenige Drachen wussten es: Schon wenn sich das schwarzweiße Zeichen des Hüters auf der Schale unseres Eis zeigte, hatten wir die Gabe in uns, sodass jeder geborene Hüter die Elementaraufgabe übernehmen konnte. Vater hatte immer nur gemeint, dass dieses Wissen uns vor den anderen

Drachen schützen sollte. Wieso, hatte er mir nie erklären wollen – oder ich hatte mal wieder nicht zugehört, als er es tat.

Ich wusste nicht, was ich sagen sollte. Einerseits hatte Calom recht und Sascha auch. Ohne meinen Bruder und mich würde Fenja nicht weit kommen. Wir wussten nicht einmal, wer oder was die Hüter dezimierte. Andererseits wollte ich aber auch nichts mehr mit alledem zu tun haben. Ich rieb mir über die Oberarme.

»Was hast du zu verlieren, Alizee?«

»Sascha«, sagte ich, bevor ich überhaupt nachgedacht hatte.

Seit wir hier angekommen waren, fühlte ich mich so einsam wie nie. Sascha war bei mir, und doch hatte ich den Eindruck, dass er Kilometer weit weg war und sich jede Sekunde weiter von mir entfernte.

»Glaub mir, ihn bekommst du nicht los. Er ist nicht nur dein Beschützer, er ist deine Familie.«

»Mein Instinkt sagt da was anderes.«

Calom erhob sich von seinen Knien. »Du bist aber nicht allein. Ich kenne dieses Gefühl. In mir war eine Kälte, die ich nicht verstehen konnte. Ich dachte vor Kurzem noch, dass ich, nur weil ich Fenjas Beschützer bin, auch allein sein würde. Aber das bin ich nicht.«

»Was willst du mir sagen?«

»Dass dein Gefühl vielleicht so ist, weil sich gerade vieles verändert und du deinen Begleiter noch nicht gefunden hast. Denn an deinem Bruder liegt es definitiv nicht.« Er lächelte. Es war das erste Mal, dass ich ihn so sah.

»Sascha würde dir überall hin folgen, auch wenn er wüsste, dass dir keine Gefahr mehr droht.« Calom nickte Richtung Waisenhaus. »Komm schon.«

51

In mir tobte immer noch der Zwiespalt. Doch seufzend folgte ich ihm zurück.

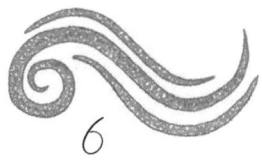

6

Ich fragte mich, wie dieses Mädchen überhaupt ihre Flamme gefunden hatte. Es wunderte mich nicht, dass sie so schwach war. Fenja war stolz und doch voller Zweifel. Sie nahm ihre Kraft aus der Wut heraus. Das passte zu ihrem Element, brachte jedoch nichts, wenn man sie vorher nicht triezte oder Alec bedrohte. Mit ihr zu trainieren, war sehr anstrengend. Sie schaffte es ja nicht einmal, eine kleine Flamme zu erzeugen. Manchmal sah ich zu meinen Bruder, der mit Alec und Calom auf der anderen Seite des Hains arbeitete. Selbst Alec machte sehr viel schnellere Fortschritte als Fenja, obwohl er nicht ihr Beschützer, sondern lediglich ihr Begleiter war und so über keine besondere Magie verfügte.

»Alizee«, rief Alec mir zu. Dem Wasserpfeil konnte ich ausweichen.

Er strahlte mich stolz an. »Fast hätte ich dich erwischt«, meinte er.

»Na, wenigstens einer von euch kommt voran.«

Rauch drang an meine Nase. »Ich tue mein Bestes«, fauchte Fenja.

Das ließ ich lieber mal unkommentiert. »Hey, Sascha, du weißt, was als Nächstes kommt?«

»Oh ja.« Mein Bruder klang alles andere als begeistert. Sein Blick ging zu mir oder hinter mich, das war mir nicht klar; aber er schüttelte den Kopf. »Heute nicht mehr, lass Alec noch etwas üben.«

Seufzend wandte ich mich um. »Na los, nicht herumstehen, konzentrier dich«, wies ich Fenja an.

Ich hatte gehofft, etwas Abstand zu bekommen. Mit Alec zu üben, sich in sein Element zu verwandeln, stellte ich mir angenehmer vor, als ihr die grundlegende Magie zu zeigen.

»Mach ich doch!«

»Davon sehe ich aber nichts«, erwiderte ich.

»Du bist schlimmer als Ramon«, schrie sie mich an.

»Oder du einfach nur zu faul.«

Wie immer, wenn ich sie wütend gemacht hatte, schossen auch jetzt Feuerbälle wie Pistolenkugeln aus ihrem Körper.

»Das kannst du, aber was Neues nicht!«, warf ich ihr vor.

Ich rief den Wind, ließ ihn um sie eine Kugel bilden. Sascha und Calom füllten diese mit Wasser, sodass Fenjas Feuerbälle aufgehalten werden konnten. Wir hatten inzwischen Übung darin. Es ging immer solange, bis Calom Fenja ergriff und ihre Macht dämmte oder Alec sie beruhigt hatte. Während Calom und auch Alec inzwischen die Verbindung mit ihrem Element beeindruckend gut beherrschten, war es bei Fenja wie ein Stillstand. Sie brach zusammen – das passierte meistens – und musste sich dann ausruhen.

Auch in den folgenden Tagen änderte sich daran nichts.

»Das schafft sie nie«, sagte ich nach einem besonders anstrengenden Training zu Sascha, als Calom und Alec Fenja wieder mal hoch in ihr Zimmer trugen. Ich lehnte mich an die Wand des Hains.

Sascha schüttelte den Kopf und sah mich tadelnd an. »Du bist zu hart zu ihr.«

»Nein, sie ist einfach zu schwach.«

»Alizee, du kannst nicht verlangen, dass sie es so gut kann wie du.«

Ich schnaubte. »Selbst Alec kann seine Magie verwenden und bekommt die Verwandlung in sein Element inzwischen hin, und das hast du für unmöglich gehalten.«

Alecs unerwartete Fertigkeiten waren ein weiterer Beweis für mich, dass nicht alles stimmte, was die alten Drachen sagten. Oder war Alec einfach nur eine Ausnahme, weil Fenja und er gedacht hatten, er wäre ihr Beschützer? Trotzdem gab es mir die Hoffnung, nicht wirklich die nächste Windhüterin zu sein.

»Stimmt schon«, sagte Sascha, »aber sie ...«

»Schon wieder stellst du dich auf ihrer Seite!«

Er stöhnte genervt auf. »Du bist damit groß geworden, Alec und Calom hatten ebenfalls Training. Fenja hat bis vor ein paar Monaten nichts von uns gewusst, hat nicht geahnt, dass sie selbst ein Drache ist, geschweige denn trainiert. Wie stellst du dir das vor? Wie schnell soll sie deiner Meinung nach ihre Fähigkeiten benutzen können?«

»Sie macht null Fortschritte«, brummte ich.

»Weil du das Härteste verlangst.«

»Feuer ist ihr Element! So, wie sie sich bisher macht, ist sie genauso wie ein stinknormaler Drache.«

»Du förderst ihre Selbstzweifel, nicht ihre Fähigkeiten.« Damit wandte er sich ab und ging Richtung der Tür zum Waisenhaus.

»Ja, jetzt bin ich wieder die Böse«, fauchte ich.

Sascha schüttelte den Kopf, während er im Dunkeln des Ganges verschwand.

»Er hat recht«, hörte ich Olga hinter mir, »und ja, du auch.«

Ich drehte mich um. Sie stand an der anderen Tür zum Hain.

»Und jetzt?«, fragte ich.

»Alizee, du bist stark. Fenja wäre ohne ihr Feuer vollkommen gewöhnlich. Dass das so ist, ist aber meine Schuld und deswegen habe ich ein schlechtes Gewissen.« Olga nickte zum Zentrum des Hains und lief los. »Das ist einer der Gründe, warum ich wollte, dass du sie trainierst. Damit du ihr zeigen kannst, was ein Hüter in sich hat. Ich habe nicht das Wissen und auch nicht die Kraft. Deine Aussage, dass das Feuer Fenjas Element ist, stimmt schon. Aber sie kann damit noch nicht umgehen.«

Ich folgte Olga zu den Obelisken. »Also willst du, dass ich bei ihr anfange wie bei den Kleinen?«

»Im Grunde ja.« Sie setzte sich im Schneidersitz auf den Hügel und ich folgte ihrem Beispiel.

»Ich will das alles nur schnell hinter mich bringen«, erklärte ich.

»Warum?«

»Du weißt, dass ich mit dem Hüterdasein nichts zu tun haben will.«

Sie nickte. »Hier bist du aber geschützt.«

»Mir passiert nichts.«

Das Wasser des Baches reckte sich wie von allein nach oben. Hier wurden einem Visionen von der Vergangenheit oder der Zukunft gezeigt. Man konnte nie wissen, welche Wahrheit man verkündet bekam. Über jedem der Obelisken tauchte jetzt das Bild des jeweiligen Hüters auf. Das meines Vaters über dem Obelisken des Windes, darunter war ich zu sehen.

56

»Es gibt nur noch sieben Hüter«, sagte Olga.

»Das hat Sascha mir erzählt, aber noch heißt das nicht, dass ich es machen muss. Es kann immer noch ein anderer Hüter geboren werden.«

»Ein Hüter-Kind, das dann genauso wie Fenja ohne Training und ohne Wissen diese Aufgabe übernehmen soll?«

Mein Blick ging zu dem Bild der Flammenhüterin und dann zu den beiden anderen. Diese waren alt, genau wie mein Vater. Die Mädchen in den Bildern darunter standen alle in dem Alter von Fenja und mir.

»Ist das Dee?« Ich musste zweimal hinsehen, die Wasserhüterin hatte sich stark verändert. Damals hatte sie blauweiße Haare gehabt, die bis zu ihren Schultern hingen, jetzt waren sie braunweiß und sehr viel länger.

»Das ist Dee«, wiederholte ich.

Olga nickte. »Auch die nächste Erdhüterin kennst du.« Sie zeigte auf das Bild über dem Erdobelisken.

»Soley.« Diese sah ganz wie damals aus. Ihre dunkelbraunen Augen waren immer noch missmutig. Allerdings hatte ihr schwarzes Haar graue Strähnen bekommen. Meine beiden Freundinnen hatten also ihre Partner gefunden.

»Ja«, sagte Olga.

»Warum kommen wir alle aus dem Clan?«

»Soleys und dein Vater dachten, es wäre besser, euch und die nächste Generation so zu schützen. Erst Aieda erkannte, dass etwas nicht stimmte, und floh mit Fenja. Wenn sie geahnt hätte, dass Ramon ihr Verderben sein würde, wäre sie vermutlich geblieben.«

»Woher kamen Aiedas Zweifel?«

Olga zuckte mit den Schultern. »Ich weiß es nicht.

Tatsache ist, Alizee, du bist die nächste Windhüterin.« Sie blickte zu Boden. »Die Alten sind verschwunden. Es ist nur eine Frage der Zeit, bis du ... bis ihr euren Weg gehen müsst.«

»Was redest du da? Was ist mit Vater?«, keuchte ich erschrocken.

»Als Alec hier auftauchte und das mit Fenja anfing, habe ich euren Clan aufgesucht. Es ist keiner mehr da.«

»Wann soll das gewesen sein?«

»Vor ein paar Monaten.«

Das Wasser des Baches sank zu Boden, die Bilder verschwanden. Ich konnte es nicht glauben; Vater und die anderen waren Hüter, wo konnten sie sein?

»Alizee, du bist der Wind, stürmisch und unnachgiebig, aber auch sanft. Zeig diese Seite mehr bei Fenja und lerne sie kennen.«

Olga hatte gut reden. Erst mal wollte ich mich mit Sascha austauschen, was er zu alledem meinte.

Am nächsten Morgen hatte Fenja schon schlechte Laune, als sie im Hain erschien. Ich saß in der Mitte auf dem Hügel und wartete auf sie. Selbst das Wasser plätscherte nur leise, als ob es wüsste, was ich vorhatte.

»Wo sind die anderen?«, knurrte Fenja.

»Heute trainieren wir allein.«

»Ich bin nie allein.«

Ich presste meine Kiefer zusammen. »Setzt dich«, zischte ich zwischen den Zähnen hindurch.

Sie verdrehte die Augen, tat aber, wie geheißen. »Was jetzt?«

»Ich wurde gebeten, dich als Kleinkind zu betrachten.«

»Was?«, fauchte sie mich an.

»Du hast deine Kraft nicht unter Kontrolle. Du kannst sie nicht kanalisieren. Du kannst sehr gut mit Illusionen arbeiten und hast den Drachenkampf im Zusammenspiel mit den anderen einigermaßen drauf.«

»Aber?«

»Sie werden nicht immer an deiner Seite sein.«

»Doch.«

»Nein, und da kannst du sagen, was du willst. Es gibt immer Wege, einen Hüter und den Beschützer voneinander zu trennen.«

»Und jetzt sitzen wir hier dumm rum?«

Ich schloss meine Lider und atmete tief durch. Es roch nach Frühling im Hain. »Das Erste, was ich als Hüterin gelernt habe, war, dass mein Element tief in mir ist. Ich saß ein paar Stunden da und musste es suchen.«

»Wie soll das bitte gehen?«

»Menschen nennen es meditieren, und, na ja, zumindest so in der Art ist das. Mach die Augen zu und werde dir deiner Macht bewusst.«

Sie stöhnte genervt auf, aber tat, was ich sagte. Anfangs wippte sie hin und her oder bewegte ihre Finger. Ihre innere Unruhe war deutlich zu sehen. Sie rupfte sogar Gras aus.

»Atme ruhig ein und aus.«

Mein Blick ging zu dem Windobelisken. Mir war damals gesagt worden, ich solle tief durchatmen, um mein Element zu spüren. Ich erinnerte mich daran, dass meine Hüterfreundin Dee im Wasser hatte liegen müssen. Bei Soley war es die Erde gewesen. Vielleicht brauchte Fenja dann etwas Feuer.

»Das ist es!«, rief ich aus und sprang auf.

Fenja runzelte die Stirn. »Hat dich was gebissen?«

»Steh auf und folge mir.«

»Ich gehe bestimmt nicht einfach mit dir mit«, meckerte sie mich an.

»Weißt du, was? Langsam gehst du mir gewaltig auf die Nerven! Seit ich das erste Mal deinen Namen gehört habe, heißt es ständig, ich muss auf dich achtgeben, ich muss dir helfen. Ich kotz bald, wenn ich deinen Namen noch weiterhin höre.«

»Meinst du, mit dir ist es so viel besser? Oh, Alizee ist so begabt. Sie ist so anmutig, und wie stark sie ist!«

Ich hob eine Augenbraue. So, wie sie sich aufregte, musste es eigentlich fast Alec gewesen sein, der so von mir gesprochen hatte. Was mich auch wieder verwunderte, da er mir gegenüber nie den Eindruck gemacht hatte, dass er mich sonderlich bewunderte. Doch Calom traute ich solche Lobeshymnen erst recht nicht zu, da er selbst sehr stark war.

»Ich bin genauso begabt wie du, nur bist du zu faul«, erklärte ich.

»Ich bin nicht faul«, schrie sie und die Luft um sie fing an zu flimmern. Es roch nach verbranntem Gras.

»Du hast Zugriff auf dein Element, das sehe ich, aber du willst es anscheinend nicht verwenden!«

»Was weißt du schon!« Eine Spur Bitterkeit war zu hören.

»Was ich weiß? Mehr als du denkst.«

Ich ging zum Bach und strich durch die Oberfläche des Wassers.

»Ich war neun«, begann ich zu erzählen, »da musste ich dem ersten Drachen den Atem nehmen.« Ich drehte mich um zu ihr, sie starrte auf das Gras vor ihren Füßen.

Ich schloss meine Lider. »Es gibt einen Unterschied, ob wir aus Freude töten oder um unser Leben und die, die wir lieben, zu schützen.« Ich trat zu ihr. »Was denkst du, wäre mit Alec passiert, wenn du nicht gekämpft hättest?«

»Er wäre ...« Sie schluchzte und vergrub ihr Gesicht in ihren Händen.

»Wir haben Verantwortung, niemand kann das je nachvollziehen. Weder Sascha noch Calom, geschweige denn dein Alec. Auf unseren Schultern lastet die Welt. Wir entscheiden, ob diese Welt weiter funktioniert.« Das Wasser plätscherte lautstark, als ob es mich verhöhnen wollte, dass ich diese Tatsachen vor ihr ausbreitete und sie für mich selbst verleugnete.

»Du hast dich dagegen entschieden«, sagte sie leise.

»Und freiwillig würde ich diesen Weg auch nicht gehen. Aber mir ist klar, dass ich ihn gehen muss.« Ich hielt ihr die Hand hin. »Wir müssen nicht beste Freundinnen werden, aber wir können einander helfen.«

»Womit soll ich dir denn helfen?«

»Indem du endlich dein Feuer beherrschst.«

Sie schnaubte und erhob sich. »Ich versuch es doch.«

Ich senkte meine Hand. »Nein, du lässt dich von deiner Angst blockieren. Und wir haben es falsch angefangen. Aber das wird schon.«

»Und wie?«

»Wir brauchen einen Feuerdrachen.«

Sie runzelte die Stirn.

»Vertrau mir.«

»Das ist nicht so leicht.«

»Mir wurde gesagt, dass das nach allem, was du durchgemacht hast, auch verständlich ist. Aber du vergisst eines bei der Sache.«

»Und das wäre?«

»Du bist die letzte Flammenhüterin. Ich wäre vielleicht stark genug, dein Element in mich aufzunehmen, aber dann müsste ich mich definitiv mit dem ganzen Scheiß abgeben. Das will ich nicht.«

»Mich hat auch keiner gefragt, ob ich das will.« Sie schloss die Augen. An ihrer starren Haltung merkte ich, dass sie nachdachte. Ihre Schultern sanken nach unten und sie atmete tief durch. Sie hob die Hand. »Okay, ich versuche es mit Vertrauen.«

»Bleibt uns ja nichts groß übrig«, meinte ich und nahm ihre Geste an.

Statt zu trainieren, saßen wir nun in einem Klassenzimmer und gingen die Sache erst mal theoretisch an. Wenn Fenja sich weiterhin blockierte, brauchte ich praktisch nicht weiterzuarbeiten. Meine ganze Hoffnung lag nun bei den Feuerdrachen, die Sascha gerade holte.
»Kennst du die zwei?«, fragte ich Fenja, als ich erfuhr, dass die beiden Drachen einst hier gelebt hatten.

»Zwillinge. Ich hatte nie gedacht, dass sie etwas anderes sein könnten als Menschen. Es hatte mich verwundert, sie zu sehen, als ich das Feuer erneuerte.«

»Dann seid ihr Freunde?«

Sie schüttelte ihr rotschwarzes Haar. »Wir sind nur in etwa gleich alt.«

Ich hoffte, dass diese Feuerdrachen Fenja helfen konnten. Laut Olga würden die beiden etwas brauchen. Da mein Vater zu mir oft gemeint hatte, dass Wissen auch ein Teil unserer Macht sei, versuchte ich es also in der Zwischenzeit damit.

»Was hat das mit dieser Insel zu tun?«, fragte Fenja mich, als ich ihr die ungefähre Lage der vier Elementbauwerke aufzeichnete.

Wirklich eine Ahnung hatte ich davon leider nicht. In

der Mitte meiner Skizze hatte ich die Insel der Drachenhüter gezeichnet; obwohl diese seit Jahrtausenden verschwunden war, nannte ich sie immer noch so. Die Kreide kratzte ekelhaft auf der Tafel.

»Der Legende zufolge lebten dort die weißen und schwarzen Drachen versteckt, sodass die Drachen die Insel nur finden konnten, wenn die Elemente erneuert oder wenn ein Beschützer unter den normalen Drachen geboren wurde.«

»Darum die beiden Halbkreise in Schwarz und Weiß für uns Hüter, so, wie sie sich unten am Hain befinden.«

»Genau. Sie sind unser Symbol. Wir sollen die Welt im Gleichgewicht halten.«

»Was ich aber immer noch nicht verstehe: Warum sind die alten Hüter aus diesem Schutz der Insel geflohen?«

Ich zuckte mit den Schultern. Selbst Vater hatte immer nur Vermutungen aufgestellt, da das Ganze einige Generationen vor unserer Zeit geschehen war.

»Das weiß niemand wirklich. Es gibt drei Theorien. Eine besagt, dass die alten Hüter wegen der Drachenfrucht zu anfällig waren und starben.«

»Warum aßen die Alten die Frucht, wenn sie giftig ist?«

»Gute Frage, Fenja «, seufzte ich. »Ich kann es dir nicht sagen. Für mich gibt es inzwischen einige Ungereimtheiten bei dem, was die Alten sagen. Genauso mit diesem Anfällig-Werden. Uns können Keime und so nichts anhaben. Mein Gedanke war einmal, das diese Frucht uns menschlich machen könnte.«

»Und die anderen Theorien?«

»Die zweite geht davon aus, dass zu große Missgunst unter denjenigen Drachen auf der Insel herrschte, die nicht die Aufgabe zugeteilt bekommen hatten. Die dritte, dass andere Drachen den Weg zur Insel gefunden hatten und sie angegriffen wurde.« Mein Blick ging zu dem Kreis und ich zeichnete einen Baum hinein. »Ich weiß nur von Vater, dass, sobald der Letzte der alten Hüter die Insel verlassen hatte, der Drachenbaum eingegangen sein soll und die Insel sich selbst verbarg. Er konnte mir das Warum auch nie erklären.« Oder er wollte es nicht, ging mir durch den Kopf.

»Und dieser Baum da trägt die Drachenfrucht? Wächst sie nur auf der Dracheninsel?«

Ich nickte. »Es heißt, sie ist die einzige, die uns töten kann. Allerdings habe ich auch Geschichten gelesen, in denen es hieß, dass sie erst unser wahres Potenzial aufzeigen soll.« Ich wandte mich Fenja zu; neugierig war sie über den Tisch gelehnt. »Vater sagte nur: ›Erst wenn die mächtigsten Hüter wieder wissen, was Macht bedeutet, wird sich die Insel ihnen zeigen.‹«

»Was ist dann? Und welche Macht?«

»Keine Ahnung.« Ich setzte mich auf den Stuhl neben ihr. »Ich schätze, da es schon eine Legende ist, werden wir das wohl so weitergeben müssen.«

»Statt Fragen beantwortet zu bekommen, habe ich noch mehr«, stöhnte sie auf und wandte sich an mich, ihr Stuhl kratzte über den Steinboden.

»Solange du dem Leuchtturm deinen Atem gibst, ist alles in Ordnung.«

Fenja nickte und sah auf die Landkarte, die hinter mir an der Seite angebracht war. »Was denkst du? Welche Theorie trifft es eher?«

»Angesichts der Lage halte ich die dritte am wahrscheinlichsten. Dass die Dracheninsel von außen angegriffen wurde. Wobei es auch stimmen könnte, dass die Nicht-Hüter-Drachen auf der Insel eifersüchtig wurden.

Vielleicht war es auch beides. Ich hoffe, ehrlich gesagt, dass wir das nie herausfinden werden.«

»Bist du nicht neugierig?«

»Bist du scharf darauf, noch jemanden zu verbrennen?«

Ihr Gesicht wurde bleich und sie schüttelte vehement den Kopf.

»Siehst du, ich auch nicht.«

Es klopfte und anhand von Fenjas Reaktion wusste ich, dass es Alec war. Ihre Wangen bekamen einen leicht rötlichen Ton und sie richtete ihr Haar.

»Ja?«, gab sie in einem Tonfall von sich, den ich nur als Säuseln bezeichnen konnte.

Alec öffnete die Tür einen Spalt und steckte seinen Kopf ins Zimmer. »Wow, ihr lebt ja beide noch.«

»Was willst du?«, fragte ich.

»Olga sagte, ihr sollt essen kommen.«

Fenja sprang auf. Wenn sie mal beim Training auch so schnell gewesen wäre!

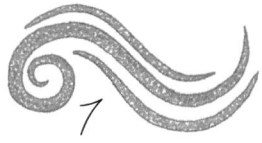

Der Tisch im Speisesaal, an den ich mich mit den beiden setzte, war schon reichlich gedeckt. Calom saß bereits dort und hatte auf uns gewartet. Die Menschenkinder, die hier im Waisenhaus Sankt Ursula lebten, tuschelten immer, wenn wir hereinkamen. Wir waren die große Attraktion. Drachen, wie sie es nur in den Mythen gab, und das mitten unter ihnen. Die Drachenkinder, die neben den Menschen saßen, schnaubten abfällig. Mir machte die Aufmerksamkeit wenig aus; im Gegenteil, es war mir egal. Fenja hingegen starrte nur auf ihren Teller. Alec und Calom schien es da wie mir zu gehen. Sie saßen da, redeten und aßen dabei.

Ich stupste Fenja an. »Ich wette, du schaffst es nicht, die Kerze da hinten bei Olga zu entfachen.« Der Tisch, an dem die älteren Drachen saßen, befand sich an der Kopfseite des Saals.

»Was soll das bringen?«, zischte Fenja mir zu.

»Dein Element üben.«

»Was ist, wenn ...«

»Vertrau dem Feuer und zur Not sind da zwei Wasserdrachen und mich gibt es auch noch.« Ich zeigte auf ihren Beschützer und ihren Begleiter. Sicher waren die Frauen neben Olga unter anderem Elementardrachen und konnten auch agieren.

Ruckartig blickten die beiden Jungs zu uns. Sie nickten

Fenja zu. Diese atmete tief ein und aus.

Ich schüttelte den Kopf. »Lass das Feuer seinen Weg finden, du denkst viel zu viel nach. Du bist die Flammenhüterin, du stehst vor keinem Test.«

»Na ja, irgendwie schon.«

»Nein, du machst dir zu viel Druck.«

»Aber was ist, wenn ich versage und mein Feuer Schwester Olga oder die anderen trifft?«

»Aber wenn du nicht übst«, meinte Alec und griff nach ihrer Hand, »wirst du nie dein Potenzial erkennen.«

»Alec hat recht und wir stehen dir bei«, meinte Calom und lehnte sich zurück.

»Nur die Kerze«, hörte ich Fenja flüstern.

Zur Vorsicht ließ ich ein Schutzschild aus Luft vor den anderen Drachen um Olga entstehen.

Fenja schloss ihre Augen und atmete aus. Sie hob langsam die Hand mit der Innenfläche nach oben.

»Spüre die Hitze«, sagte ich leise zu ihr.

Ohne Vorwarnung flitzte ein Feuerball auf den Tisch der Drachendamen zu. Viel zu groß. Gerade noch rechtzeitig konnte Calom ihn mit einem Wasserstrahl in Dampf auflösen. Das folgende Geschrei und Durcheinander der anwesenden Menschen verstand ich zwar, aber es nervte mich auch. Keiner war hier in Gefahr.

»Beruhigt euch«, hörte ich eine der Erwachsenen rufen, die hier lebten; ob es ein Mensch oder Drache war, konnte ich nicht sagen.

»Nicht schlecht, du hast einen Feuerball hinbekommen«, sagte ich zu Fenja. Zwar viel zu groß, aber sie brauchte etwas Ermunterung.

»Ich hätte beinahe ...«

»Nein«, schnitt ich ihr das Wort ab. »Hättest du nicht.«

»Wie kannst du dir da so sicher sein?«

»Schutzschild«, antwortete Alec.

Fenja sackte erleichtert zusammen.

»ALIZEE!«, brüllte Olga.

Ich verdrehte die Augen. »Was passt dir jetzt schon wieder nicht?«

»Du hast ...«

»Mit ihr trainiert, so wie du das willst! Und nein, keiner war auch nur ansatzweise in Gefahr.« Ich stand auf. »Wenn es dir nicht passt, wie ich es anpacke, kann ich auch gehen!«

Olgas Nasenflügel bewegten sich und wäre sie gerade Drache gewesen, wäre sicherlich auch Rauch herauskommen. »Du kannst gerade so froh sein, dass du kein Kind in meiner Obhut bist!«

»Bei den Alten bewahre, dass ich einen Gott anbeten müsste!«, rief ich aus.

Mir war es egal, an was die Menschen glaubten. In meinen Augen war es schon immer einfach nur lächerlich gewesen, dass Olga als älterer Drache sich so verbogen hatte, nur um nicht aufzufallen. Das Schicksal wollte nicht verehrt werden und ich bezweifelte auch, dass die alten Drachen wie ein Gott angebetet werden wollten.

Fenja neben mir fing an zu lachen. Wie oft sie in die Kirche nebenan zum Beten musste, wollte ich gar nicht wissen. Mich würde Olga nicht dazu bekommen, etwas anzubeten, woran ich nicht glaubte. Wo war denn ihr Gott? Warum hatte er nicht verhindert, dass es sechzehn Jahre lang schneite? Weil es keinen gab! Fenja war es gewesen, die dem Winter ein Ende bereitet hatte. Ein Drache, nichts Übernatürliches.

Ich stand auf. »Als Kind würde ich mich auch nicht bezeichnen. Seit ich sechzehn bin, gelte ich unter Drachen

68

als erwachsen. Selbst bei den Menschen gelte ich überall auf der Welt als volljährig.« Ich reckte mein Kinn in die Höhe. »Auch wenn ich manches Menschliche sehr mag, vergesse ich nicht, was ich bin. Ein Drache. Aber du bist anscheinend nicht stolz darauf, eine von uns zu sein, wenn man bedenkt, dass du Fenja und den anderen Drachen nichts über uns beibringst. Weder das Kämpfen noch unsere Geschichte. Nicht davon weiß sie!«

»Treib es nicht zu weit«, warnte mich die alte Drachenfrau mit harter Stimme.

»Und was, wenn doch?«

»Ich habe gerade so ein mächtiges Déjà-vu«, hörte ich einen Fremden lachen.

Ich warf einen Blick über meine Schulter und entdeckte Sascha. Neben ihm stand ein junger Mann mit langen, dunkelroten Haaren. Die Luft trug den Geruch von verbranntem Holz mit sich und noch etwas, das ich nicht entschlüsseln konnte. Aber es bewirkte ein Ziehen und eine Sehnsucht in mir, die ich nicht kannte. Dieser junge Mann musste einer der Feuerdrachen sein.

Sascha kam auf mich zu. »Das ist Justin.«

Gerade als ich mich dem Neuankömmling zuwenden wollte, kam hinter ihm ein zweiter Junge zum Vorschein. Dessen Haare waren etwas dunkler und zu einem Pferdeschwanz zusammengebunden. Die beiden Feuerdrachen sahen sich so ähnlich, dass sie nicht nur Brüder, sondern sogar Zwillinge sein mussten. Hatte Fenja das nicht auch gesagt? Während Justin eher lebensfroh wirkte, schien dieser andere mehr in sich gekehrt und ruhiger zu sein.

»Dahinter kommt Tim, beide sind Feuerdrachen«, sagte mein Bruder.

Ich konnte nur nicken, als ob es mir die Sprache verschlagen hätte.

Während die Feuerdrachen zu Olga gingen, zog Sascha meinen Teller zu sich und nahm neben mir Platz. »Da du stehst, bist du doch satt.«

»Was?«, gab ich verwirrt von mir. »Ach so, ja, wünsch dir 'nen guten Appetit.« Schnell versuchte ich, aus dem Saal zu kommen.

Aber Olga stellte sich mir in den Weg. »Du kannst mich nicht so auflaufen lassen«, zischte sie.

»Du willst, dass ich Fenja trainiere. Wenn es nach mir ginge, wäre ich nicht hier. Freiwillig würde ich mir das nicht antun!«

»Ich bin hier die Leiterin, wie kommt es, dass du ... Nein, IHR so gegen mich agiert?«

Ich trat auf sie zu. »Wir trainieren, es war alles unter Kontrolle. Ich tue das, worum du mich gebeten hast.«

»Ihr habt mich angegriffen!«, knurrte sie bedrohlich.

»Wir haben eine Kerze anzünden wollen, die zufälligerweise in deiner Nähe stand.«

»Dann such dir eine andere!«

»Sie hat aber recht«, hörte ich hinter mir eine rauchige und ruhige Stimme. »Du willst, dass Fenja trainiert wird, da gehören solche kleinen Übungen dazu.«

Mein Blick ging zu dem Sprecher. Es war einer der Feuerdrachen, Tim.

»Zumindest wissen wir jetzt, dass Fenja sehr wohl ihr Element rufen kann.« Er sah zu mir. »Und das ist schon mehr, als du in den letzten Wochen zu Stande gebracht hast, Olga.«

Ich konnte ihr Kiefer knacksen hören. Sie wandte sich ab und ging aus dem Saal.

»Das hättest du nicht zu tun brauchen«, sagte ich zu dem Feuerdrachen.

»Vielleicht, vielleicht auch nicht.« Er warf einen Blick über seine Schulter zurück und bekam ein schiefes Grinsen. »Wen juckt das schon, sie kann uns nichts.«

»Als ob dich das je gestört hätte, Tim«, meinte Justin, der jetzt hinter seinem Bruder auftauchte.

»Hey, wir sind mächtiger.« Tim sah mich an. Ich konnte nur in seine gelblichen Drachenaugen sehen, alles andere verschwamm für mich in diesem Moment. »Oder, Alizee?«

Ich schluckte und schloss meine Lider. »Ich ... ich muss weg.«

»Alizee?«, rief mein Bruder vom Tisch aus hinter mir her.

Ich rannte an tuschelnden Schülerinnen und Schülern vorbei. Noch bevor ich an der Eingangstür zum Hof angekommen war, hielt mich jemand an meinem Handgelenk fest. Wärme durchströmte mich.

»*Geh nicht*«, hörte ich Tims Stimme in meinem Kopf.

Auch wenn ich es gerade noch gewollt hatte, konnte ich jetzt nicht gehen. Um uns tanzte ein flammender Wirbelwind.

»Bist du wirklich der, der zu mir gehört?«, fragte ich ihn.

Er nickte, legte seine Stirn auf meine. Ich schloss meine Lider, ließ die Magie durch mich hindurchdringen. Ich wusste, dass wir gerade die Verwandlung des Begleiters durchmachten. Mein Grau wurde zu seinem Rot und sein Rot bekam eine graue Schattierung. Nun war mir auch klar, warum ich mich an diesem Ort so alleine gefühlt hatte. Er war nicht mehr hier gewesen, doch die Reste seiner Aura waren noch in der Luft geblieben. Warum ich es damals nicht gespürt hatte, konnte ich nicht sagen, und darüber wollte ich mir gerade keine Gedanken machen. Das, was zählte, war, dass wir endlich vollständig waren.

Wir? Mein Blick ging über Tims Schulter zu meinem Bruder. Er stand im Türrahmen zum Saal, nickte mir lächelnd zu und streckte den Daumen in die Luft. Ich hoffte, dass diese neue Entwicklung auch wirklich für ihn in Ordnung war.

Das Kichern von diesen pubertierenden Menschen, gefiel mir weniger.

Ich ignorierte sie.

»Willst du mit zum Hain?«, fragte ich Tim leise. Ich wollte mit ihm allein sein. Hier waren mir zu viele Ohren.

Er nickte.

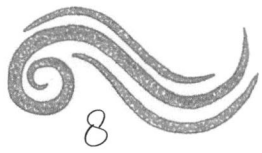

8

Am Hain standen Tim und ich uns gegenüber. Wir Drachen
waren schon eigenartig. Er war vollkommen fremd für
mich, und doch wusste ich, dass er nie wieder gehen würde
und ich das auch gar nicht wollte.

»Also«, begann er und atmete tief durch. »Was geht dir
durch den Kopf?«

»Ähm, um ehrlich zu sein, dass meine Welt sich gerade
von unten nach oben kehrt.« Ich setzte mich an das Ufer des
Baches. »Ich meine, ich kenne dich nicht und gleichzeitig
habe ich das Gefühl, es doch schon ewig zu tun. Du stehst
da und nur, weil ich ein Drache bin, nein, wir Drachen sind
– nur deswegen hat das Schicksal bestimmt, dass wir unsere
Leben einander opfern werden und ...«

Die Worte ›uns lieben müssen‹, wollte ich nicht sagen.
Doch im Grunde war es das. Sicherlich fand ich ihn attraktiv
und ich mochte den Geruch von Kohle, den er verströmte.
Aber hieß das, dass ich ihn freiwillig gewählt hätte? Ich
wusste es nicht. Vielleicht sah ich es auch etwas verquer,
weil ich mit dem Hüterleben nichts zu tun haben wollte.

Tim setzte sich zu mir. »Wir haben Zeit, uns näher
kennenzulernen.«

Ich bejahte und gab meinem inneren Drang nach, mich
bei ihm anzulehnen. Meine Finger wanderten vom Gras des
Hains zu den seinen.

»Ich habe noch nie gehört, dass sich das Schicksal geirrt hätte«, sagte er leise.

»Erzähl mir was von dir«, bat ich ihn.

»Oh, Justin und ich sind hier im Waisenhaus großgeworden, nachdem unsere Eltern vor unseren Augen umgebracht wurden.« Er sah traurig nach oben.

»Wie alt wart ihr da?«

»Ein paar Monate geschlüpft.« Er atmete tief durch. »Diese Drachen kamen einfach in unsere Höhle. Erst hatten sie Mama erschlagen.«

»Erschlagen?«

»Ein Erddrache hat sie unter Felsen begraben.«

»Oh.«

»Sie gingen dann auf Justin und mich los. Wir haben uns versteckt, als sich unser Vater dazwischenstellte. Er befahl uns zu fliehen. Das war das letzte Mal, dass ich ihn sah.«

»Wie habt ihr das überlebt?«

Seine Traurigkeit und Wehmut spürte ich, als ob es meine eigenen Gefühle wären. Ich schloss meine Lider, hörte ihn atmen und das Wasser im Bach plätschern.

»Schwester Andrea fand uns und brachte uns hierher.«

Vorsichtig legte ich meinen Arm um seine Hüfte. Andrea? War das nicht diese Drachendame gewesen, die Sascha und mich in getrennten Schlafzimmern untergebracht hatte? Das passte mir immer noch nicht, aber ich war ihr dankbar, dass sie die Zwillinge gerettet hatte.

»Hier im Waisenhaus leben viele Drachen.«

»Die meisten hatten fast das gleiche Schicksal wie ich.« Er atmete tief ein. »Du riechst nach Lavendel, es ist beruhigend.«

Warum er das sagte, wusste ich nicht. Darum überging ich es. »Wie ist es gewesen, hier zu leben?«

74

»Als wir hier ankamen und Fenja sahen, wussten wir sofort, wer sie war. Uns wurde verboten, mit ihr über das Geschehen zu reden. Trotzdem war sie für uns wie eine Königin.«

»Sie ist die Flammenhüterin.«

Er nickte. »Es ...« Er sprach nicht weiter.

»Sag es doch.«

»Da war irgendwie noch ein anderes Gefühl, zumindest für mich. Bei Justin weiß ich es nicht. Irgendwie, als wären Fenja und mein Schicksal noch stärker miteinander verwoben.«

»Und im Grunde stimmt das sogar.«

Er nickte. »Wie bist du großgeworden?«

»Sascha und ich lebten mit den Erd-, Wind- und Wasserhütern in einem Clan.«

»Clan?«, wiederholte er verwundert.

»Viele sagen Nest dazu, aber im Grunde ... Menschlich ausgedrückt, war es ein Dorf oder eine Stadt. Vater hat es Clan genannt. Ich vermute, weil die Hüter mit ihren Kindern wie eine Familie waren und er voll auf diese Mafiafilme stand.« Der Gedanke an Dee und Soley, meine zwei besten Freundinnen, ließ mich wehmütig werden. Ich konnte nur hoffen, dass es den beiden gut ging.

»Gefällt mir, der Gedanke, es eher nach Familie klingen zu lassen.« Tim verschränkte unsere Finger ineinander. »Hier im Waisenhaus hielten die Menschen zusammen. Doch wir Drachen waren eher Außenseiter.«

»Viele Drachen tun sich schwer mit Nähe. Aber ich weiß, dass es eben auch anders geht.« Ich richtete mich auf und sah ihm in die Augen. »So, wie ich mich schwertue, mein Schicksal zu erfüllen.«

»Auf euch Hütern lastet eine schwere Bürde.«

»Auf dir jetzt auch.« Ich hatte Angst vor seiner Reaktion. Was würde ich machen, wenn mein Begleiter nicht zu mir stehen würde?

Tims Mimik konnte ich nicht entschlüsseln, ernst irgendwie.

Auf einmal lächelte er mich an. »Zusammen schaffen wir alles.«

»Bist du dir sicher?«

Er nickte, griff mit seiner freien Hand in mein Haar, das jetzt weißrot war. »So, wie ich ein Teil von dir geworden bin, ist auch deine Zukunft ein Teil von meiner geworden.«

Normalerweise stand ich gar nicht auf so einen Schnulz. Doch bei ihm fand ich es richtig süß. Das ließ mich auch erahnen, dass ich mich nun verändern würde. Aber ob das gut oder schlecht war, konnte ich noch nicht sagen.

»Weiß du, was«, meinte Tim auf einmal, »lass uns raus in den Wald gehen. Den Weg in das kleine Dorf nehmen und dort etwas zusammen machen.«

»Ist das nicht zu menschlich?«, fragte ich ihn.

»Mir doch egal, was die ›anderen‹ denken.« Er grinste. »Also, hübsche Frau, haben Sie Lust auf ein Date mit mir?« Er wackelte abwechselnd mit den Augenbrauen, woraufhin ich lachen musste und zustimmte.

Wir standen auf.

»Es ging mir nicht um die anderen. Was ich allerdings so mitbekommen habe, wird das Leben, wie ich es bei den Menschen geführt habe, nicht so gern gesehen.«

»Ich bin mit Menschen aufgewachsen. Klar teile ich nicht alle ihre Vorlieben oder Geschmäcker, aber manches ist cool.« Er hielt mir den Arm hin. »Ein Gentleman zu sein, sollten viele unserer Art lernen, finde ich.«

»Sehr gute Ansicht«, bestätigte ich, da dieser Wesenszug

mir bei ihm sehr gut gefiel.

»Ich weiß doch, was meine Drachendame will.«

»Das bezweifle ich«, seufzte ich theatralisch, aber ein Grinsen konnte ich mir dann doch nicht verkneifen. »Ich will nicht, dass du dich verbiegst.«

Tim lachte auf. »Sicherlich nicht.«

»Gut.«

»Das Gleiche gilt aber für dich.«

Wir sahen uns an und konnten nicht anders als lachen.

»Menschlich«, brachte ich nur heraus und er stimmte mir zu.

Vielleicht war unsere Generation deswegen auch anders als diejenigen, die noch nach den alten Riten lebten, wie etwa die Norddrachen. Was mich an Fenja denken ließ. Sie und ich waren zu sehr mit der Menschenwelt verbunden, als dass diese keine Spuren an uns hinterlassen hätte. Mein Blick ging zu Tim; jetzt wollte ich mir nur Gedanken um ihn machen.

Wir gingen durch den Gang hinauf zur Gartenhütte. Den Weg, den wir dann einschlugen, kannte ich nicht. Er brachte uns zu einem Gartentor, halb hinunter zu dem Loch in der Mauer, die zum Hain führte. Als Nächstes kam ein Trampelpfad nach Westen, gerade so breit, dass wir beide nebeneinander laufen konnten. Auf dem Weg ins Dorf redeten wir über uns, die Vergangenheit und die mögliche Zukunft. Und ich war froh, dass mir das Schicksal jemanden zur Seite gestellt hatte, der mich verstand; der ruhig sein, aber auch mit mir mal ausgelassen Quatsch machen konnte.

»Und einmal habe ich ein Physikexperiment explodieren lassen. Schwester Olga hat gezetert, drei Monate war der Anbau nicht zu betreten.«

»Ich kann es mir lebhaft vorstellen.«

»Das war noch gar nichts. Sie hätte uns fast rausgeworfen, als Justin einen Wutanfall bekommen hat und ihre Räume in Brand steckte.«

»Lass mich raten, ihr wart deinetwegen in ihrem Büro.«

Tims Grinsen verriet alles. Er öffnete die Tür eines kleinen Restaurants. »Treten Sie ein.«

Ein angenehmer Schwall von Oregano, Basilikum, gebackenem Hefeteig und frischer Tomatensoße kam mir entgegen, als ich über die Schwelle trat. Mein Magen knurrte und machte mich darauf aufmerksam, dass ich das Mittagessen ausgelassen und einen längeren Fußmarsch hinter mir hatte. Tim legte die Hand auf meinen Rücken und führte mich zu einem Tisch, der etwas abgelegener war.

»Uns muss ja nicht jeder hören«, flüsterte er mir zu, als ich mich setzte.

»Stimmt.«

Er nahm die Holzbank schräg neben mir und rückte näher. »Sascha und du, ihr habt also unter den Menschen gelebt. Was habt ihr gemacht, nachdem ihr das Nest, äh, den Clan verlassen habt?«

»Du meinst wegen Geld und Arbeit?«

Wieder nickte er.

»Wir haben bei den Menschen gearbeitet. Sascha war in einer Baumschule, bis er zu oft den Wasserdrachen hat spielen lassen. Alle Blumen gingen ein und er wurde entlassen. Als Bademeister im Sommer war er sehr beliebt.«

»Wunderte mich nicht. Und du?«

»Kasse im Supermarkt, so ab und zu.«

Überrascht weiteten sich seine Augen. »Du? Dich kann ich mir gar nicht vorstellen als eine, die Regale einräumt.«

»Habe ich aber«, sagte ich schmunzelnd.

Der Kellner schlängelte sich zwischen den Holztischen hindurch. Auf dem Weg zu uns stieß er gegen mehrere Stühle, die eng aneinandergedrängt standen, ihre Füße kratzten über den Fliesenboden. Beim Anzünden der Kerze stellte er sich dann aber geschickt an und legte uns zwei Lederkarten hin.

»Cola und eine Diabolo«, sagte Tim, als der schlanke Mann gerade Luft holte, um die Tageskarte abzuspulen.

»Klingt gut, nehme ich auch«, bestellte ich.

Der Kellner nickte und lief wieder seinen Parcours.

»Ich wusste, dass ich ein scharfer Typ bin. Aber dass du das verträgst, wundert mich«, kommentierte Tim.

Ich schnaubte und zog eine Augenbraue hoch. »Funktionieren diese Anmachsprüche normalerweise?«

Von einer Sekunde auf die andere wurde er verlegen und fuhr sich durch sein rotgraues Haar. »Ich weiß nicht«, flüsterte er.

»Wow, echt nicht?«

»Hast du, also ...« Sein Gesicht nahm die Farbe seiner Haare an.

»Ich brauchte nicht zu flirten. Die Menschen kamen, wir hatten einen kurzen Spaß und sind wieder getrennte Wege gegangen.«

»Das ist das erste Mal, dass ich so etwas höre, also ...« Sein Blick fixierte die Maserung des Holzes.

»Ich weiß nicht. Es war nicht so, dass ich mich einsam gefühlt habe. Also nicht offensichtlich. Als Sascha und ich hierherkamen, um mit Fenja zu trainieren, merkte ich schon, dass mir irgendwie etwas fehlte. So richtig bewusst wurde mir das, als ich dir in die Augen gesehen habe.«

»Darum bist du vor mir davongelaufen?«

Ich schluckte. Mir war klar, dass dieses Thema früher

oder später aufkommen würde. Meine Hoffnung war gewesen, sehr viel später.

»Es hat mich überfordert.«

»Tut es das denn immer noch?«

»Etwas«, gestand ich leise. »Sascha und ich waren immer zu zweit. Aber er ist nun mal mein Bruder und Beschützer.« Ich schloss meine Lider. »Du gehörst zu mir, Tim.« Meine Finger fuhren zu seinen. »Ich will nicht, dass du gehst. Aber zurzeit ändert sich so viel und es ist langsam etwas viel für mich.«

Ich rechnete mit allem, aber nicht damit, dass er sich zu mir vorbeugte und mir einen sanften Kuss auf die Stirn gab.

»Wir werden einen Weg finden.«

In diesem Moment wusste ich, egal, was noch auf Tim, Sascha und mich zukommen würde – es würde gut werden. Nicht heute oder morgen, dies war mir genauso klar, aber bald.

Beim Training am nächsten Morgen lag Fenja wieder zu meinen Füßen. Justin, in seiner Drachengestalt, blies ihr heißen Atem entgegen. Ich ließ meinen Wind eine Hülle um sie und das Feuer bilden.

»Sie schafft das«, betete Alec neben mir, und das nicht zum ersten Mal.

»Kannst du mal die Klappe halten«, fuhr ich ihn an.

»Es geht da gerade um Fenja«, knurrte er zwischen den Zähnen hindurch.

»Ach, wirklich?!«

Jäh stand er vor mir. Im selben Moment glitt an meiner Wange ein Schwert vorbei.

»Einen Schritt weiter«, sagte Tim gelassen, »und du bekommst mich zum Feind.«

»Ich bin das Wasser«, brummte Alec.

Ich seufzte. Einerseits fand ich es ja süß, dass Tim mich beschützte, anderseits brauchte ich das nicht.

»Ihr seid jetzt beide still.« Ich wandte mich an Tim. Kurz musste ich lächeln, wenn ich den Rotschopf mit seinen grauen Spitzen sah. Er gehörte zu mir und jeder konnte es sehen. »Du trainierst mit meinem Bruder und ...«

Hitze schlug mir ins Gesicht, innerhalb eines Wimpernschlages war Tim zu seinem Element geworden. Noch nie hatte ich jemanden so schnell lernen sehen. Nicht einmal ich hatte das schon nach dem ersten Mal beherrscht.

»*Ich bin besser als dieser Bastard*«, hörte ich Tim in meinem Kopf. Wie eine sanfte Brise streifte er mich an der Wange.

»Und als ich.«

»*Du hast mich geleitet. Dich dabei zu sehen, hat mir gezeigt, wie es funktioniert.*«

Ich schnaubte. »Zumindest hast du dein Element unter Kontrolle.«

Als er wieder menschlich wurde, hatte er dieses freche Grinsen auf den Lippen. Tim war stiller als Justin, aber genauso oft am Lachen, nur dass er es eben eher mit diesem Grinsen zeigte und nicht wie sein Bruder, der sich oft lauthals lachend kringelte.

»Beruhigt euch«, sagte Calom, der auf uns zukam.

Ein komisches Gefühl, das ich nicht kannte, kam in mir auf. Es war, als ob es nicht meine eigene Emotion wäre, fast so, wie wenn ich die meines Bruders spürte.

Alec ließ einen panischen Schrei hören, stieß mich gegen den Rücken. Überrascht wandte ich mich um, wollte ihn schon angehen, aber dann sah ich, warum er so voller Panik war.

»Scheiße«, fluchte ich und eilte zu Fenja, die gerade eher wie eine verkohlte Leiche aussah. Ich rief mein Element, ließ es durch ihre Lungen gleiten. Sie lebte. Erleichtert stieß ich die Luft aus.

»Ruhig einatmen«, sagte ich zu ihr und sah zu Justin. »Was ist passiert?«

»Ich weiß es nicht. Ich habe es nicht mitbekommen.«

»Sascha, Wasser!«, rief ich meinem Bruder zu.

»Schon da«, sagte er und träufelte Fenja Bachwasser in den Mund.

Ihr Brustkorb hob sich. Sie riss die Augen auf.

»Was war das?«, fragte Calom.

»Dieses Wasser hat heilende Wirkungen«, erklärte mein Bruder.

Fenja röchelte und langsam änderte sich ihre Gestalt, sah nicht länger wie ein verkohlter Leichnam aus, sondern wieder menschlich. Immer mehr gesunde Haut kam zum Vorschein. Ihr Blick ging zu Alec. Spürte ich gerade ihre Verbitterung?

Mir war klar, was ihr passiert war. Sie hatte Alec helfen wollen, darum hatte sie ihr Feuer zu stark gerufen, und das hatte sie verbrannt. Darum war sie verbittert. Oder kam das Gefühl in mir doch von Tim oder Sascha? Aber warum sollten die beiden diese Bitterkeit in sich haben? Dann blieb aber noch die Frage, warum ich Fenjas Emotionen überhaupt wahrnahm. Es ergab für mich keinen Sinn; ich hatte keine Ahnung, wie das möglich sein konnte.

»Lasst sie sich ausruhen.« Ich stand auf. »Bleib bei ihr«, sagte ich zu Alec, »und gib ihr alle fünf bis zehn Minuten ein paar Tropfen aus dem Bach.«

Er nickte nur.

Calom, Tim und ich gingen zu Sascha, der am Rand des Hains an der Wand saß und sich mit dem Rücken dagegen gelehnt hatte. Er blickte hinter uns, wahrscheinlich zu Fenja und Alec.

»Und?« Er machte sich Sorgen, das hörte ich aus seiner Stimme heraus, aber ich wusste auch, dass ihm klar war, dass er nichts groß machen konnte.

»Fenja überlebt es«, sagte ich und wollte mich setzen. Gerade so konnte ich Caloms Schwerthieb noch ausweichen.

»Bist du durchgeknallt?«, schrie ich.

»Wir sind nicht zum Ausruhen hier «, sagte er und funkelte Sascha, Tim und mich düster an. »Ihr drei müsst ein Team werden.«

Mit einem Satz war mein Bruder auf den Füßen und seine Hand auf der Klinge. »Nimm das Schwert von meiner Schwester!«

Calom und Sascha starrten sich an.

Tim ging dazwischen.

»Alizee und Sascha sind mehr ein Team als du und Fenja es je sein werdet. Also«, er schubste Calom, »trainieren wir beide doch etwas.«

Für eine Sekunde dachte ich, Calom würde ablehnen. Doch dann nickte er und reichte Tim das Schwert. Ich hingegen fand dieses ganze Kämpfen mit diesen Waffen lächerlich. Wir waren Drachen. Wir hatten sehr viel mehr zu bieten als ein Stück Stahl.

»Calom ist mehr ein Krieger als wir alle zusammen«, sagte mein Bruder neben mir. »Er wurde so erzogen.«

»Es ist eine Sache, wie ein Mensch zu denken, aber eine andere, wie ein Mensch zu kämpfen. Wir sind Drachen, unsere Klauen sind schärfer als jedes Schwert.« Ich sah zu meinem Bruder. »Sicherlich wollte Ramon nicht wirklich einen Krieger erziehen, sonst hätte er Calom mehr beigebracht.«

»Denkst du, er hat ihm absichtlich nicht gezeigt, wie man richtig kämpft?«

Ich nickte. »Denk doch nach, was wäre passiert? Wenn die anderen herausgefunden hätten, das Calom mehr ist als ein normaler Drache? Dass er ein Beschützer ist?«

»Stimmt schon.«

»Ramon hätte aber klar sein müssen, das Calom in Fenjas Nähe seine Berufung verspüren würde«, überlegte ich.

»Vielleicht hat er darüber nicht nachgedacht.«

84

»Apropos denken.«

Mein Bruder runzelte die Stirn und warf mir einen fragenden Blick zu.

»Wann gedenkst du, mir zu sagen, dass da mehr zwischen dir und Calom ist?«

Starr vor Schreck weiteten sich seine Augen. »Was?«

»Tu halt so.« Ich blickte zu Calom, der gerade Tim einmal wieder in die Knie zwang.

»So offensichtlich?«, fragte Sascha leise.

»Ich bin deine Schwester.«

»Ist ... ist ...«

»Nein, es ist nicht schlimm für mich. Zumindest ergibt dein Verhalten jetzt mehr Sinn.«

»Ach ja?«

»Definitiv sogar.«

Und Caloms Verhalten ebenso. Auch, wenn er wusste, wie er seine Gefühle verstecken konnte, zeigte er sie doch, indem er Sascha anders behandelte.

Ich erhob mich. »Das ändert aber nichts daran, dass ich hier wieder weggehe.«

»Ich weiß.«

»Auch wenn ich jetzt Tim gefunden habe. Es ändert sich nichts. Ich werde gehen.«

Sascha nickte nur. Ich wusste, dass es ihn verletzte, und wie Tim darauf reagieren würde, war mir auch unklar. Aber hier unter irgendjemandes Fuchtel zu stehen, konnte ich mir für mein Leben nicht vorstellen. Von dem ganzen Hütermist mal abgesehen. So langsam musste ich mich dem ja beugen, da es nun mal feststand: Wenn mein Vater verschied, würde ich die nächste Windhüterin werden. Aber Hoffnung starb ja bekanntlich zuletzt.

Fenja kam mit Alec zu uns, sie sah wieder menschlich

aus. Keine Rußrückstände oder Brandblasen waren auf ihrem Körper mehr zu sehen. Ihre erste Frage überraschte mich: »Wusste Ramon von dem Heilwasser?«

»Normalerweise ja, er hätte es wissen müssen. Aber ich habe keine Ahnung, wie viel deine Mutter ihm erzählt hat.«

Keuchend packte sie mich an meinem Shirt. »Kann es dann sein, dass er noch lebt?« Ihre Augen waren panisch aufgerissen, auch war sie recht bleich.

»Fenja, du hast ihn geröstet. Du hast das gerade nur überlebt, weil es dein Element ist. Es ist fast unmöglich«, sagte ich.

»FAST!« Schrill schrie sie mir ins Ohr.

Ich legte meine Hand auf ihre. »Olga sagte, er ist Asche.«

Tim stellte sich zu uns. »Warum dann fast?«

»Illusion, Heilzauber eines Erddrachen ... Es gibt Möglichkeiten«, erklärte ich. »Ich frage mich echt, was man euch beigebracht hat.«

»Drachenkunde wurde hier nicht so wirklich großgeschrieben«, antwortet Tim. »Dafür können wir gut rechnen.«

Fenja hielt mich immer noch fest. »Denkst du«, flüsterte sie, »er ...« Sie schwieg und schüttelte den Kopf, die Luft um sie herum roch leicht nach Salz.

»Nein, ich glaube nicht, dass er noch lebt. Aber ich bezweifle, dass er damals alleine gehandelt hat.«

»Darum ist es umso wichtiger, dass wir trainieren«, warf Calom ein.

Ich sah zu ihm und nickte. »Na, Fenja, ihr seid doch so ein tolles Team! Willst du nicht mal Lehrerin sein?«

Ihre schwarzblauen Haare schüttelten sich verneinend. »Ich werde nicht Lehrer spielen.« Ihre Verlegenheit konnte

86

ich nicht nur in ihrem Gesicht sehen. Diesmal war ich mir sicher, dass das Gefühl, das ich spürte, von ihr kam.

Calom grinste, als ob er eine andere Idee hätte. »Na, ihr drei gegen uns«, sagte er auffordernd.

»Du willst wohl wieder verlieren«, meinte mein Bruder und sprach meinen Gedanken aus.

Caloms Grinsen wurde breiter. Langsam wurde der Mann mir unheimlich.

Wir stellten uns auf. Calom und Alec hielten uns ihre Schwerter entgegen. Fenja und Tim waren in ihrer Drachenform. Nur ich und Sascha schienen vollkommen schutzlos zu sein. Fenjas Magie war zu spüren. Konnte sie wirklich so machtvolle Illusionen erschaffen?

»*Wie lange willst du sie warten lassen?*«, fragte mich mein Bruder.

»*Gleich zum Vernichtungsschlag ausholen ist doch langweilig.*«

Sascha nickte.

»*Was habt ihr vor?*«, wollte Tim wissen.

»*Etwas spielen.*« Ich zwinkerte ihm zu. »*Pass auf dich auf.*« Er schnaubte.

Calom und Alec kamen im Gleichschritt auf uns zu. Fenja bewegte ihre Flügel und hob ab. Ich schloss meine Augen. Saschas Hand war schon feucht, als er meine ergriff. Tief atmete ich ein.

»*Jetzt!*«, rief Sascha.

Fest blies ich die Luft hinaus. Sascha spie sein Wasser. Tim gab sein Feuer dazu.

»*Netter Trick*«, dachte ich. Eine Nebelwand befand sich nun zwischen uns und unseren Gegnern.

»Sollen wir?«, fragte mich Sascha.

Ich wollte gerade ja sagen, als ich das Gefühl bekam zu

ersticken. Schnell ließ ich Sascha los und hielt mit die Hände an den Hals.

»Alizee!«, schrie mein Bruder.

Ich ging in die Knie, rang nach Luft. Doch selbst meine Elementmagie half mir nicht. Immer schwerer fiel es mir, meine Augen aufzubehalten.

»Ihr bringt sie um!«, fauchte Tim.

»Das können wir doch gar nicht!«, keuchte Fenja.

Immer mehr Schwarz schlich sich in meine Sicht.

»Bring ihr Wasser«, hörte ich nur noch Olgas Stimme. Mehr bekam ich nicht mit.

10

Als ich meine Augen wieder öffnen konnte, war es immer noch stockdunkel um mich herum. Unruhig blickte ich hin und her. Wo war ich? Was war passiert? Mein Hals brannte, als hätte ich etwas Ätzendes getrunken. Noch immer bekam ich schwer Luft. Ein Krächzen kam aus meiner Kehle.

»Ruhig«, hörte ich Sascha aus der Dunkelheit. »Nimm einen Schluck.«

Etwas drückte an meine Lippen, kalt war die Flüssigkeit, die meinen Gaumen hinunterfloss. Es roch nach dem Hain.

»Was ...?«, fragte ich mit rauer Stimme.

»Nicht sprechen«, befahl mir mein Bruder. »Nimm einen zweiten Schluck.«

Langsam rann das Wasser meine Kehle hinab, aber es verschaffte mir keine Linderung. Auch der dritte und vierte Schluck nicht. Mein Bruder fluchte in Gedanken so laut, dass ich es hörte.

Ein kleines, helles Licht war kurz zu sehen, das Saschas besorgtes Gesicht für einen Moment erleuchtete. Kurz danach war das Klicken eines Schlosses zu hören, anscheinend kam jemand in das Zimmer, in dem ich lag. Ich begriff immer noch nicht wirklich, was hier los war.

»Ist sie wach?«, fragte Tim.

»Ja, und das Wasser hilft ihr nicht«, antwortete mein Bruder.

»Bist du dir sicher?«

»Spürst du ihre Panik nicht?« Sascha legte seine Hand auf meinem Mund. »Nicht sprechen, spar dir deine Luft«, sagte er zu mir.

»*Was ist passiert?*«, fragte ich ihn Gedanken.

Ich hörte seine Traurigkeit schon alleine an seinem Atem.

»Vater ist tot. Zumindest vermutet das Olga, denn alle Winddrachen sind geschwächt. Dich hat es am schlimmsten erwischt.«

»Nein«, wimmerte ich. Das durfte nicht wahr sein! Es musste ein schlechter Traum sein! Ja, wir hatten keine sehr enge Verbindung gehabt, aber er war mein Vater, er hatte mir alles beigebracht, was ich wusste. Tränen brannten sich ihren Weg. Wie sollte es jetzt weitergehen?

Ich konnte Tims Wärme an meinem Arm spüren. Er zog mich zu sich. Erst wollte ich das nicht und drückte mich weg. Doch als sein Duft nach frisch verbranntem Holz und Saschas Meerwassergeruch mich einhüllten, konnte ich nicht anders, als zu weinen und mich von den beiden trösten zu lassen.

Wie hatte das auf einmal passieren können? Ich hatte es immer befürchtet, aber nie wahrhaben wollen, dass es einmal geschehen würde. War Vater wirklich tot?

Es war Morgen, als ich wieder aufwachte. Die Sonne strahlte schwach durch das Fenster, der Rollladen war hochgezogen. Mein Hals schmerzte immer noch, aber es war erträglich. Ich blinzelte und hoffte, das Weiß der Wände würde dann nicht mehr so grell sein. Ich roch Sachas Meeresduft und Tims verbranntes Holzaroma. Es beruhigte mich etwas. Langsam erhob ich mich und entdeckte auch Fenja, Calom,

Alec und Justin in diesem mir unbekannten Zimmer. Der Wind hatte mir nicht alle Gerüche zugetragen, daher war mir nicht klar, wo ich mich eigentlich befand.

Ich begegnete Saschas Blick, der mich prüfend musterte. »Okay, du darfst runter zum Essen, aber dann wirst du dich wieder hinlegen«, entschied mein Bruder.

Ich schüttelte den Kopf. »Ich muss den Wind wieder losschicken«, krächzte ich, schob die Decke beiseite und stand auf.

Hiervor hatte ich mich immer gefürchtet. Wieso musste ich auf einmal Verantwortung übernehmen? Wieso konnte ich nicht einfach frei sein, wie früher?

»Du hast keine Ahnung, wo sich das Windrad befindet«, sagte er.

Ich wollte mich abwenden.

Sascha stellte sich vor mich und hielt mein Kinn fest. »Du bist geschwächt. Zurzeit bist du für jeden Drachen leichte Beute. Ich lasse nicht zu, dass du dich in Gefahr begibst.«

»Ich sage es ungern, aber er hat recht«, meinte nun Calom. Am liebsten hätte ich ihn böse angesehen, doch Sascha hatte mich fest im Griff. Calom redete weiter: »Aber Sascha, deine Schwester hat auch recht. Wir ersticken alle langsam, wenn sie nicht bald zu dem Windrad kommt.«

Für einen kurzen Moment erkannte ich Überraschung im Gesicht meines Bruders, vermutlich spiegelte sich dieselbe in meiner eigenen Miene wieder.

Tim legte seine Hand auf die meines Bruders, die immer noch mein Kinn umfasste. »Ich würde sagen, erst mal isst sie etwas.«

Ich konnte sehen, dass er immer fester zudrückte; genauso sehr verstärkte sich die Anspannung in Saschas

Kiefer.

»Sag mal, haben wir uns auch so benommen?«, hörte ich da Alec sagen.

»Sicherlich nicht!«, meinte Fenja.

Jemand lachte. »Ihr seid genauso«, sagte eine Frauenstimme.

Endlich ließ Sascha mich los. Mein Blick ging zur Seite und fiel auf eine der Drachendamen, die im Waisenhaus lebten. Ich war mir nicht sicher, aber ich glaubte, mich zu erinnern, dass sie Andrea hieß. Sie hatte mir und Sascha unsere Zimmer gezeigt, als wir im alten Kloster angenommen waren, aber ich hatte es nicht mit so Namen.

Sie betrachtete mich genau. »Du solltest etwas essen und dich dann in die Quelle legen. Ich glaube, das ist das Beste für dich.«

»Die Quelle?«, fragten alle, außer Sascha und ich, wie aus einem Mund.

»Denkt ihr, der Bach kommt aus dem Nichts?«

Ich versuchte, nicht zu lachen. »Euer Unterricht war wirklich sehr gut.«

Die Frau gab einen entrüsteten Ton von sich. »Wir haben ihnen das Nötigste mitgegeben.«

»Lachhaft«, knurrte mein Bruder und drängte mich aus dem Zimmer. Tim und Fenja folgten uns. Calom, Justin und Alec blieben bei dieser Andrea stehen, wenn sie denn wirklich so hieß.

Erst im Speisesaal hörte Sascha auf, mich durch die Gegend zu schieben. »Du gehst nirgends hin, solange du so schwach bist, und da lasse ich nicht mit mir reden.«

»Ich bezweifle, dass ich ohne die Kraft des Windes wieder die Alte werde«, sprach ich meine Zweifel aus.

»Doch, das schaffst du, da bin ich mir sicher!« Tim strich

mir über die Wange und setzte sich neben mich. »Aber vorher musst du dich ausruhen.«

Ich schmiegte mein Gesicht in seine Hand.

»Du bringst sie in Gefahr!«, grollte Sascha.

»Ich glaube, ihr beide tauscht gerade die Rollen«, meinte Fenja, die einen Stuhl über den Holzboden schob.

Tim grinste, während Sascha schnaubend seine Arme verschränkte. Diese Vorsicht, die mein Bruder mir gegenüber walten ließ, hatte nicht nur mit seiner Rolle als Beschützer zu tun. Es war die Besorgnis des Familienbandes, gepaart mit der ihm bestimmten Aufgabe. Er wusste aber auch, was man mir zumuten konnte und was eben nicht.

»Ich hol dir was zu essen«, flüsterte Tim mir zu.

»Danke.«

Fenja ließ sich auf ihren Stuhl fallen, während Tim sich von seinem erhob.

»Ich will auch was«, brummte Sascha und folgte meinem Begleiter.

Fenja war fixiert auf mich.

»Was?«, fragte ich.

»Du bist so anders als die Drachen, die ich kennengelernt habe.«

»Hä?«

»Ich weiß nicht, wie ich es beschreiben soll.«

»Beispiel?«

»Du isst wie ein Mensch auch Gemüse. Aber mir wurde gesagt, weil ich mich nicht nur von Fleisch ernähre, wäre ich kein richtiger Drache. Mir wurde vorgeworfen, dass ich deswegen zu menschlich sei, aber du ...« Mit geröteten Wangen richtete sie ihren Blick auf die Tischplatte.

Ich musste mir das Schmunzeln verkneifen. »Sagen wir

so, du warst bei den falschen Drachen.«

Sie zog die Stirn kraus.

»Schau dir Calom an. Er ist darauf getrimmt worden, wie ein Krieger zu handeln und zu denken.« Mein Blick ging zur Tür. »Unverblümt gesagt, der Nordstamm ist ein Hinterwäldlerstamm. Sie halten stark an Traditionen fest, die heute nicht mehr so gern gesehen sind.«

Langsam sah Fenja wieder zu mir. »Dann bin ich gar nicht so unnormal? Also, für einen Drachen?«

»Ich hatte als Kind einen Fernseher im Zimmer. Das dürfte doch wohl alles sagen.«

Fenja kratzte mit ihrem Fingernagel in den Rillen des Tisches. Ich hatte keine Ahnung, welche Frage oder welcher Gedanke sie so beschämte, und ehrlich gesagt, wollte ich es auch gar nicht wissen.

Schweigend stellte mir Tim einen Teller mit Kartoffelpüree, Soße und Schnitzel hin.

»Was ist los?«, fragte ich ihn. Sicherlich war Tim der ruhigere von den beiden Feuerdrachenbrüdern, aber dass ihn etwas bedrückte, spürte ich, als ob es meine eigenen Gefühle wären.

Er legte seine Hand auf meine und lächelte etwas. »Ich habe Angst«, sagte er leise.

»Warum?«

»Seit ich hier bin, wurde mir gesagt, Fenja sei eine der mächtigsten Hüterinnen. Dann kamst du. Ein Schnipsen, und du machst sie fertig. Aber jetzt ...«

»In ihr steckt die Kraft, sie blockiert sich selber.« Ich beugte mich zu ihm und küsste ihn. »Und ich werde wieder auf den Beinen sein, sobald das Windrad den Wind wieder über die Welt jagt.«

Tims Hand strich über meine Wange. »Ich will dich

nicht verlieren.«

»Sie hat auch noch mich!«, brummte mein Bruder und sein Besteck knallte auf den Tisch.

»Und uns!«, meinte Fenja.

Ich lehnte mich bei Tim an und seufzte. »Nimm es mir nicht übel, Fenja, aber du kannst dich nicht immer auf dein Glück verlassen.«

Sanft legte mein Begleiter seine Arme um mich. Ich konnte gar nicht ausdrücken, wie sehr mich das stärkte. Es war wie eine sanfte Brise, die sich auf meine Wunden legte und sie heilen ließ.

»Ich kann kämpfen«, gab Fenja in einem bestimmenden Ton von sich, der deutlich sagte: Widersprich mir jetzt nicht!

Doch meinem Bruder war das egal. »Du bist stark und du beherrschst deine Drachenform. Aber solange du dein Element nicht im Griff hast, bist du nicht richtig in der Lage zu kämpfen. Das musst du einsehen!«

»Ich muss ihm zustimmen«, sagte Alec, der jetzt auch an den Tisch kam und Fenja etwas zu essen hinstellte. »Keiner stellt in Frage, dass du mächtig bist. Aber selbst ich habe dich gestern besiegt.«

Mein Bruder stupste mich an. »Essen!«

Nur schwer konnte ich mich aus Tims Umarmung lösen. Ein Begleiter war halt doch etwas anderes als ein menschlicher Liebhaber.

Nach dem Essen lief Fenja neben mir her. Seit dem Widerspruch meines Bruders war sie still gewesen. Komischerweise fühlte ich, dass sie von sich selber enttäuscht war.

»Schau mich nicht so an«, sagte sie auf einmal.

»Wie sehe ich dich denn an?«

»Wie ein Kleinkind, das du aufmuntern willst.«

Ich lachte auf und öffnete die Tür zu meinem Zimmer. »Nein, ich will dich nicht trösten. Du weißt, dass du stark bist.« Ich legte mich hin, weil ich mich doch noch etwas schwach auf den Beinen fühlte.

»Ich weiß«, seufzte sie. »Aber es fühlt sich gerade nicht so an.« Sie schloss ihre Lider. »Ich muss dir etwas erzählen.«

Überrascht blickte ich zu ihr.

»Als der Wind stillstand und du zu Boden gingst, habe ich deine Emotionen gespürt.« Sie rieb sich über die Narbe an ihrem Arm. »Es war fast so, als ob mir selbst die Luft wegbleiben würde.« Langsam hob sie den Kopf. »Was hat das zu bedeuten?«

Ich zuckte mit den Schultern. »Ich habe noch nie gehört, dass Hüter miteinander verbunden gewesen wären. Aber es scheint fast so.«

Sie trat einen schnellen Schritt zu mir. »Dann spürst du es auch?«

Ich stimmte ihr stumm zu und fragte: »Wissen Calom und Alec schon davon? Sie können deine Emotionen ebenfalls spüren, oder?« Ich war mir sicher, auch Tim und Sascha hatten es bemerkt.

Sie biss sich auf die Lippen.

»Bis wir nicht wissen, was das genau zu bedeuten hat, sollten wir es niemandem sonst erzählen«, fügte ich hinzu.

»Okay.« Sie nickte und ging zur Tür. »Schlaf etwas.«

Sobald die Tür hinter ihr ins Schloss gefallen war, stand ich auf und öffnete das Fenster. In Gedanken griff ich nach dem lauen Lüftchen, versuchte, es zu mir zu rufen. Es wehte leicht um mich, aber dem Befehl, zu meinem zu werden, kam es nicht nach. Ich war eine Hüterin ohne Elementkraft. Weinend ging ich in die Knie.

11

»Wie geht es dir?«, fragte Fenja, als sie mit Alec und Calom
in mein Zimmer kam.

Sascha verdrehte schon die Augen, ehe ich meinte:
»Geht schon.«

»Klar«, brummte mein Bruder, während die drei sich
einen Platz suchten. Calom und Alec lehnten sich an die
Wand, Fenja saß am Fußende meines Betts.

»Also tut sie nur stark«, sagte Calom.

»Kennst du sie anders?«, wollte mein Bruder wissen.

Die Tür krachte gegen die Wand, keuchend stand Tim
da.

»Was ist passiert?«, rief Sascha aus.

Fenja und Alec holten hörbar Luft, als ob sie
Schreckliches erahnten.

»Sie haben ihn gefunden.«

„Sie haben Vater gefunden?", fragte ich.

»Olga hat Schwestern ausgesandt, die ihn suchen
sollten.«

Für Sascha waren das anscheinend genug
Informationen, er rannte aus dem Zimmer. Calom eilte ihm
hinterher.

In mir keimte Hoffnung auf. »Lebt er noch?«

»Nein. Und das ist nicht das Einzige, was passiert ist.«

»Was noch?«, wollte ich wissen.

»Die Schwestern haben Olga etwas gegeben und getuschelt, mehr weiß ich nicht«, sagte Tim bedrückt. »Am besten kommst du mit.«

So schnell mich meine Füße trugen, lief ich mit Tim, Alec und Fenja zum Hain. Als wir aus dem dunklen Tunnel auf das Grün traten, schlug uns der Geruch von verbranntem Fleisch entgegen und das Wasser des Baches senkte sich gerade. Welche Vision musste das Wasser uns nun wieder zeigen?

Es standen einige Drachen da. Jeder von ihnen, an dem wir vorbeigingen, senkte den Kopf, selbst diejenigen, die in ihrer menschlichen Form waren. Am Hain, zwischen dem Eingang und dem Zentrum mit den Obelisken, lag unter einer großen Plane eine Drachengestalt. Als wir sie erreicht hatten, hob ich langsam die Plane hoch und erblickte das Übelste, was je in meinem Leben gesehen hatte.
Vollkommen verkohlt lag da mein Vater. Der sonst weiße Drache mit dem grauen Schimmer auf den Schuppen war jetzt schwärzer als die sternloseste Nacht, und doch wusste ich, dass er es war.

Ein normales Feuer hätte meinen Vater nicht getötet. Das waren die Flammen eines Hüterdrachen gewesen. Wut stieg wie eine ätzende Flüssigkeit in mir auf. Es gab nur eine mit der Flamme in sich.

»Du!«, schrie ich Fenja an. »Du warst das!«

»Was?«, gab sie von sich.

»DU WARST DAS!«

Tim hielt mich fest. »Alizee, wie soll Fenja das angestellt haben? Sie war bei uns!«

»Das war kein normales Feuer!« Sie sollte leiden, wie mein Vater es getan hatte!

»Alizee«, sagte Tim und zwang mich, ihn anzusehen.

»Ich weiß, dass das gerade viel für dich ist, aber denk doch nach! Fenja war bei uns.«

Ich schüttelte den Kopf. Eine kleine Stimme in meinem Kopf sagte mir, dass er recht hatte, aber ich wollte es nicht hören. Ich wollte einen Schuldigen und sie war die letzte lebende Flammenhüterin.

Sascha kam zu uns. »Du hast recht, Alizee. Das war kein normales Feuer. Aber Fenja war es nicht. Sie ist unsere Freundin, unsere Verbündete, und sie war bei uns, wie soll sie es getan haben?«

»Sie ist die letzte Flammenhüterin! Nur sie lebt noch!«, spie ich ihm entgegen. Ich wimmerte. Wie konnte er nur so ruhig bleiben?

Sascha seufzte und zog mich zum Bach. »Ich habe es im Wasser gesehen, so wie wir alle hier.«

Er hinderte mich daran, mich wieder auf Fenja zu stürzen. Im Grunde wusste ich, dass alles, was er sagte, stimmte, aber der Gedanke, dass Fenja die Letzte war, schrie um einiges lauter.

»Der Mörder von Fenjas Mutter lebt«, sagte mein Bruder. »Er hat Aiedas Flamme, und ein zweiter besitzt den Wind unseres Vaters.«

»Wie?« Ich schüttelte den Kopf. Das konnte nicht wahr sein!

Wir standen beide in dem seichten Wasser, das sich jetzt wie eine Säule um uns hochzuziehen begann. Das Bild eines Drachen erschien. Er spie Feuer, dunkelrote Flammen züngelten über eine Drachengestalt, die nur mein Vater sein konnte. Ein menschlicher Schemen stand mit dem Rücken zu uns und sprach eine alte Formel. Graue Schwaden schwebten auf ihn zu. Als sich die Person umdrehte, weiteten sich meine Augen vor Schreck.

»Enzo!«, keuchte ich. Wie hatte ich so blind sein können, ich hatte ihm vertraut! Vater hatte also recht gehabt.

Hatte Enzo Vater gesucht, als er mich in der Disco aufgesucht hatte? Oder hatte er gar mich entführen wollen, um an Vater heranzukommen?

»Ja«, sagte Sascha. Das Wasser sank. »Den anderen Drachen hat Calom als Antonio identifiziert, er lebte bei ihnen im Nest, so, wie Enzo in unserem Clan.«

»Also läuft ein normaler Feuerdrache mit der Flamme herum und jetzt ein Winddrache mit dem Wind?«

»Und sie haben den Vater von Dee«, sagte Olga hinter mir und reichte mir eine blauschwarze Schuppe.

Mein Herz verkrampfte sich. Ging es meiner Freundin gut? Ich schüttelte den Kopf, das konnte langsam alles nur noch ein verdammter Scherz sein.

»Es ist bloß eine Frage der Zeit, bis das Wasser zurückgeht. Die Luft ist jetzt schon schwerer zu atmen. Wir haben keine Ahnung, wo sich Dee befindet, und können sie deswegen nicht schützen. Vielleicht haben diese Drachen sie auch schon gefangen«, redete Olga weiter.

Fenja legte ihre Hand auf meine Schulter. »Ich würde niemandem freiwillig die Qualen meines Feuers antun, wenn es nicht sein muss.« Sie lächelte zögernd. »Ich ... Wir werden dir helfen.«

Zu viele Emotionen tobten in mir. Wut auf die Mörder meines Vaters. Angst, die Nächste zu sein. Erleichterung, nicht allein dazustehen. Und das Gefühl, mit allem total überfordert zu sein.

»Weißt du, wo sich das Windrad befindet?«, fragte Olga.

»Ich habe Vaters Erzählungen nicht zugehört, irgendwelche Ausreden erfunden, damit ich gehen konnte, oder ihn mit etwas anderem abgelenkt«, seufzte ich. »Es heißt, zwei der vier Elementarbauwerke stehen immer zwei anderen genau gegenüber, aber ob das stimmt – ich habe keine Ahnung.«

Ich hatte gehofft, Olga wüsste das. Aber da wir uns damals, während mein Vater das Windrad erneuert hatte, hier im Hain aufgehalten hatten, durfte es eigentlich nicht so weit weg von hier befinden. Das Eigentlich war allerdings der springende Punkt, denn es widersprach dem, was ich über die Lage der Elementarbauten und ihre Entfernungen zueinander wusste.

»Also, wenn wir jetzt über das Meer fliegen, immer geradeaus, kommen wir zu einem der vier?«, fragte Tim nach.

»So leicht ist das nicht«, meinte Sascha.

»Warum nicht?«

»Die Insel«, antwortete Fenja flüsternd.

»Was?«, fragten die anderen wie aus einem Mund.

Dieses Mal sah ich tadelnd zu Olga; wie konnte sie es nur zulassen, dass die Drachen unter ihrer Obhut so unwissend in die Welt gelassen wurden?

»Zieht man Linien von allen vier Bauwerken, soll sich genau auf dem Schnittpunkt die Insel der Drachenhüter befinden, wo einst die Hüter lebten«, erklärte ich. »Der Legende zufolge verhindert die Insel, dass man sie findet. Sonst bräuchten Drachen ja nur von den vier Elementarbauten aus geradewegs übers Meer zu fliegen und würden die Insel finden; so einfach wird es uns Drachen nicht gemacht.«

»Ich glaube, ihr solltet das alles langsam mal in euren Unterricht einplanen«, sagte Tim stöhnend zu Olga.

»Okay«, meinte Sascha auf einmal. Seine Augen waren rot unterlaufen und ich spürte seine Trauer und Wut. »Wir beerdigen unseren Vater und dann versuchen wir herauszufinden, wo sich das Windrad befindet.«

»Wir helfen!«, rief Calom.

»Du bist nicht mehr allein«, flüsterte Fenja mir zu. »Das musst du genauso lernen wie ich.«

Ich schwieg. Bis wir hierhergekommen waren, hatte ich nie das Gefühl gehabt, allein zu sein. Dann schon. Doch es hatte sich bereits wieder aufgelöst, als Tim aufgetaucht war.

Dieser nahm mich jetzt in den Arm. »Das schaffst du.«

Ich nickte, aber mir war auch klar, dass das in meinem Zustand eher schwer werden würde. Da draußen war anscheinend eine Gruppe von Drachen, die sich die Kräfte der Hüter aneignen konnte. Nur über das Wie und Warum wusste ich nichts. Aber mir war klar, dass es nicht mehr lange dauern konnte, bis wir es erfahren würden.

Mein Blick ging zu meinem Knöchel, wo das Wasser meine Füße umschlang. Gerade wünschte ich mir, dass es statt der Vergangenheit eher die Zukunft zeigen sollte.

Die Seelenlösung war ein Ritual, das ich nie miterleben hatte wollen. Auch wenn ich wusste, dass es irgendwann jeden traf. Fenja befand sich am Obelisken des Feuers, ich an dem des Windes, für das Wasser stand mein Bruder und die Erde übernahm eine der älteren Drachendamen, die hier im Waisenhaus lebte.

Ich atmete schwer ein und aus. Tränen verschleierten meine Sicht. »Vater, Hüter, Freund und ein Lehrer, das warst du einst. Doch dein Weg ist du Ende. Wind, lass seine Seele zu den anderen schweben.«

Sascha schluckte. »Wasser, hilf seiner Seele …«

Ich blickte zu meinem Bruder. Er rang mit sich. Immer mehr Tränen rannen über seine Wange.

»Sascha«, flüsterte ich.

»... Seele, zu den anderen zu gelangen.« Er ging in die Knie.

Ihn so zu sehen, tat mir noch mehr weh als die Tatsache, dass mein Vater gestorben war. Er war mein Bruder, mein Beschützer und mein bester Freund in einem. Seine Schmerzen waren wie ein verstärktes Echo meiner eigenen. Fenjas Worte vernahm ich kaum. Auch die des Erddrachen waren nur ein Flüstern. Ich kniete mich zu Sascha und nahm ihn in den Arm. Krampfhaft hielten wir uns fest. Ich brauchte nicht aufzusehen, als sich weitere Arme um uns legten. Fenjas, Tims und Justins Wärme war auch durch die Kühle des Wassers von Calom und Alec zu spüren.

Fenja und ich saßen im Hinterzimmer von Olgas Büro. Der beruhigende Duft von verschiedenen Früchten schwebte durch das kleine Zimmer. Fenja hat ein Buch auf den Knien und sucht wie ich nach Hinweisen, wo sich das Windrad befinden konnte.

Ich raffte meinen Mut zusammen. »Fenja ...«

»Schon okay, ich habe den Körper deines Vaters selber gesehen und hätte nicht anders reagiert als du.«

»Wie kannst du so gelassen sein? Jemand hat die Flamme deiner Mutter!«

»Irgendwie war mir das schon klar. Jetzt weiß ich wenigstens, wie es funktionierte.«

»Ich hoffe, wir finden das Windrad und Dee schnell«, sagte ich.

»Du kennst sie?«

Ich nickte. »Sie und auch Soley sind mit mir in dem Clan großgeworden. Dort hatte eigentlich auch deine Mutter gelebt. Du siehst ihr ähnlich.«

Sie starrte mich an. »Du kanntest sie?«

»Etwas. Flüchtig eher. Wir ...« Ich stockte und sprang auf, lief zu der Karte, die hinter mir hing.

»Was ist?«, wollte Fenja wissen.

»Vater sagte immer, wir leben da, wo wir hingehören.«

»Und?«

»Aieda lebte uns gegenüber. Dee rechts von uns, Soley links.«

»Du denkst, dass ihr so gewohnt habt, hatte etwas mit den Elemantarbauwerken zu tun?«

Ich nickte.

»Du hast selber gesagt, wir können nicht einfach geradeaus fliegen.«

»Schon, aber wenn wir ...« Ich fuhr mit dem Finger über das raue Papier von dem Punkt aus, der das Waisenhaus anzeigte, gerade nach oben. »... dann müsste das Windrad ziemlich genau dort liegen.«

Warum hatte ich Vater nur immer ignoriert, wenn er mir mit den Hüterdingen kam? Die Frage, warum er Sascha und mich hierher ins Waisenhaus gebracht hatte, wenn das Windrad auf der anderen Seite des Meeres stehen sollte, war auch noch offen. Vielleicht täuschte ich mich und er hatte damals einfach nur gewollt, dass wir in Sicherheit waren.

»Und wenn nicht?«, fragte Fenja.

Mein Blick ging zu ihr.

»Was, wenn du dich täuschst und es genau das Gegenteil gewesen ist?«, meinte sie.

»Wie kommst du darauf?«

»Du und ich, wir spüren unsere Gefühle, wir sind verbunden. Da frage ich mich, ob sie uns vielleicht absichtlich voneinander fernhalten wollten. Was ist, wenn unsere beiden Bauwerke nicht gegensätzlich, sondern verbunden sind, so wie wir?«

»Mh«, gab ich von mir.

Ihrer Logik musste ich leider zustimmen. Zumindest wusste ich nicht, warum wir in dieser Hinsicht verbunden waren. Ob mein Vater das geahnt und es absichtlich vor mir verborgen gehalten hatte, konnte ich auch nicht sagen.

»Wann bist du eigentlich geboren?«, fragte Fenja mich auf einmal.

Verwirrt blickte ich zu ihr. »Sommersonnenwende, wieso?«

»Du hast dich gerade gefragt, warum wir beide verbunden sind.«

»Das nimmt langsam unheimliche Ausmaße an.«

Seufzend nickte sie. »Ich kann nicht deine Gedanken lesen, aber du hast ein Gefühl vermittelt, das die Frage in mir aufwarf.« Sie sah auf die Karte. »Ich bin auch an diesem Tag geboren. Ich frage mich gerade, wann die beiden anderen …«

»Ich weiß es nicht.« Ich schüttelte den Kopf. »Doch egal, ob sie auch an diesem Tag geschlüpft sind oder wann anders, es bringt uns jetzt gerade nicht weiter und wir sollten Schritt für Schritt vorgehen.«

»Du hast ja recht, aber es ist gerade so viel, was auf mich, besser gesagt, auf uns einprasselt.« Fenja rieb sich die Narben an ihren Armen. »Ich hatte gehofft, endlich alle Antworten zu haben. Stattdessen häufen sich die nächsten Fragen an.«

»Ich befürchte, alle Antworten werden wir nie bekommen.«

Sie stimmte mir zu. »Okay, dann Schritt für Schritt, das Windrad.« Sie holte einen Stift und zog einen großzügigen Kreis um den Punkt, auf den ich vorhin gezeigt hatte. »Jetzt ist die Frage, wo die anderen Bauwerke stehen.«

Ich nickte. »Also, wenn wir nach den Obelisken gehen, müsste das Windrad genau diagonal gegenüber des Leuchtturms sein, und die anderen beiden jeweils in derselben Entfernung genau im rechten Winkel zum Leuchtturm stehen.«

»Das würde deine Theorie unterstreichen.«

Es klopfte leicht an der Tür. So, wie Fenja seufzend lächelte, war mir klar, dass es Alec war. Auch das Gefühl von reinem Glück, das sie durchströmte, war ein klares Anzeichen für die Identität des Neuankömmlings.

»Ja?«, rief Fenja aus.

»Seid ihr weitergekommen?«, fragte Alec, während er zur Tür hereintrat.

»Alizee hat eine Theorie«, sagte sie sofort und zog ihn in ihre Arme.

»Ah ja, und welche?«

Ich zeigte auf die Karte. »Von den Obelisken her und wie die Hüter im Clan gewohnt haben, müsste das Rad hier oben sein.«

»Unsere waren aber anders«, meinte er.

»Wie, unsere?«, fragte Fenja.

»Du weißt doch noch von der Höhle, in die wir nicht durften, hinter V... Ramons Hütte?«

Sie nickte.

»Da hatten wir auch Obelisken. Da waren sie aber in einem Halbkreis gestanden.«

Genervt fluchte ich. Anscheinend konnten wir Fenjas Theorie, dass das Windrad in der Nähe war, doch nicht völlig außer Acht lassen. Wenn die Obelisken nicht immer in einem Quadrat angeordnet waren, dann gab es keine Garantie, dass meine Theorie zutraf. Verwirrt fuhr ich mir durch die Haare. Aber wo befand sich dann das Windrad wirklich?

»Ich würde sagen«, meinte Alec zu mir, »wir bitten Olga, ein paar Schwestern loszuschicken und deine Theorie zu überprüfen. Auf gut Glück lassen wir dich nicht gehen.«

Ich runzelte die Stirn.

Er erwiderte meinen Blick entschlossen. »Ich bin unfähig, ein Beschützer zu sein, und habe Fenja im Stich gelassen. Es spielt jetzt keine Rolle, dass ich das nicht wollte. Ich werde aber nicht zulassen, dass, wenn Fenja sich endlich mal jemandem öffnet, sich diese Person, oder Drache oder Hüterin, auf eine Selbstmordmission begibt.« Ein ›du weißt, dass ich dich meine‹ schwang nach.

»Beschützer? Du bist doch ihr Begleiter«, gab ich verwirrt von mir.

»Uns wurde damals gesagt, Alec sei mein Beschützer. Erst später kam heraus, dass es in Wirklichkeit Calom war. Ramon wollte mich schwächen, zumindest sagt das Olga.«

»Ich frage mich langsam, ob Ramon wirklich der Beschützer deiner Mutter war.«

»Wieso?«, fragten beide wie aus einem Mund.

Seufzend schüttelte ich den Kopf. »Ihr braucht echt dringend einige Stunden in Drachenkunde.« Ich nahm Fenja den Stift weg und drehte mich zur Wand. »Sobald ein Beschützer das Zeichen des Elements bekommt, zu dem er gehört, ist da eine Verbindung zwischen Beschützer und Hüter. Egal, wie weit sie auseinander sind und wo er sich befindet, sie existiert. Kein Zauber oder sonst etwas kann dieses Band überwinden. Calom hat selber gesagt, ihm fehlte immer ein Stück.«

»Aber mir nicht«, sagte Fenja leise.

Mein Blick ging zu ihr. »Ich rate jetzt mal: Als du Calom

das erste Mal gesehen hast, hast du trotz deines Misstrauens auf ihn gehört, oder?«

Sie schluckte.

»Es ist Urmagie der Drachen. Auch wenn wir es nicht offen spüren, es ist tief in uns.« Ich betrachtete die Karte wieder. »Genauso, wie es heißt, dass Drachen eher kühl wirken, aber ständig die Nähe ihres Begleiters suchen.«

»Ich würde nicht kühl sagen, eher stehen Drachen nicht auf Berührungen«, meinte Alec.

Fenja und ich schnaubten gleichzeitig, was mich zum Schmunzeln brachte.

»Was suchst du da eigentlich, dass du so darauf starrst?«, fragte sie mich.

»Ein Leuchtturm steht immer allein, aber Windräder werden zu mehreren aufgestellt. Vor allem, wenn man die Anlage nicht so auffällig gestalten will, würde man das so machen. Das heißt, der Standort muss eine Fläche sein, auf der genug Platz ist für zwei, drei oder noch mehr Windräder.«

»Ich werde mal zu Schwester Olga gehen«, meinte Alec. »Ich bringe euch nachher etwas zu essen.«

Ich nickte nur noch. ›Entweder stimmte die Karte nicht, oder wir lagen falsch‹, dachte ich. Ich entdeckte jedenfalls keine Fläche, die für mehrere Windräder geeignet gewesen wäre.

Zumindest wusste ich nun, warum ich das Gefühl hatte, dass der Leuchtturm nicht so stark war. Nicht nur, dass Fenja sich blockierte, sie war geschwächt wegen der Flamme ihrer Mutter. Wie konnten wir das alles nur wieder geradebiegen?

12

Auch während ich die Kartoffelsuppe schlürfte, die Alec uns gebracht hatte, ließ mich das Thema nicht los.

»Schau mal«, quiekte Fenja plötzlich.

»Was?«

»Da!« Wild zeigte sie auf die Kerze. Eine kleine Flamme tänzelte auf dem Docht.

»Wow.« Ich war überrascht. Nicht darüber, dass es ihr gelungen war, die Flamme zu erzeugen. Es war mir von vornherein klar gewesen, dass die Fähigkeit dazu in ihr steckte. Jetzt, da ich ihre Gefühle spürte, wusste ich, wie viel Macht sie in sich trug. Ich war eher überrascht, dass sie übte. »Und das nächste Mal schaffst du das, wenn auch noch jemand anderer im Saal ist.«

»Denkst du das wirklich?«

»Hab Vertrauen in dich und dein Element. Du bist mächtig. Lass dich nicht von deinen Emotionen leiten. Das geht meistens schief. Ich sag nur verkohlte Fenja.«

Schnell wandte sie sich ab. Die Röte auf ihren Wangen sah ich trotzdem, genauso, wie ich ihre Verlegenheit spürte.

»Deine Angst behindert dich.«

»Ich weiß. Aber ich habe keine Ahnung, wie ich das umgehen kann.«

»Du bist dir der Gefahr bewusst, das ist auch gut so. Aber wenn du nur ›Tür offen oder zu‹ kennst, hast du nicht viel Spielraum. Ich konnte nur einen Teil von mir selbst verwandeln, weil ich meiner Macht sagte: ›Ich bestimme, was du tun sollst, und nicht du.‹«

»Das klingt wie bei einem Kind oder Haustier«, gab sie lachend von sich.

Ich verdrehte die Augen. »Du bist der Herr deiner Macht. Punkt!«

Ihre Hand ging zu ihrer Stirn und sie stellte sich steif hin. »Jawohl, Madam!«

»Mach dir nichts draus, so war sie schon immer«, sagte Olga, die in der Tür zu ihrem Büro stand. Fenja streckte ihr die Zunge heraus. Die alte Frau setzte sich uns gegenüber.

»Andrea ist Richtung Norden unterwegs. Weitere Schwestern habe ich noch einmal zu der Stelle geschickt, wo sie deinen Vater gefunden haben. Vielleicht gibt es einen Hinweis darauf, wo sich Dee und ihr Vater befinden.«

Sascha hatte mir erzählt, dass die Vision des Baches Olga und den anderen anwesenden Drachen mehr gezeigt hatte als mir. Nur was, wollte er mir nicht sagen; seine Traurigkeit und Wut ließen mich auch nicht weiter bohren. Doch allein die Tatsache, dass an der Fundstelle eine schwarzblaue Schuppe gelegen hatte, war ein Anzeichen dafür, dass Dees Vater zumindest vor Kurzem dort gewesen war.

»Danke«, sagte ich zu Olga.

»Ich brauche eure Hilfe.«

Verwundert sahen Fenja und ich uns an. »Unsere Hilfe«, sagten wir wie aus einem Mund.

»Wisst ihr, wie man in die Hüterbibliothek kommt?«

Ich wurde hellhörig. Weshalb fing Olga plötzlich von der geheimen Bibliothek an? Ich wusste, dass es sie gab, und tatsächlich auch, wie man hineingelangte. Ich hatte Olga noch nie besonders gut einschätzen können, aber dass sie aus heiterem Himmel darauf zu sprechen kam, machte mich misstrauisch.

»Was ist eine Hüterbibliothek?«, wollte Fenja wissen.

»Wie eine wichtige Bibliothek der Menschen«, erklärte Olga, »nur, dass sie allein durch Hüter geöffnet werden kann. Ich erhoffe mir, dass wir darin etwas finden, das uns die Lage des Windrades verrät.«

Fenja warf mir stirnrunzelnd einen Blick zu. »Und wie sollen wir dir da helfen?«

»Indem wir ihr die Tür öffnen und ihr den Weg ebnen zu Legenden und alten Zaubern«, knurrte ich. Der Vorwurf in meinen Worten war unüberhörbar.

»Alizee, es ist eine Möglichkeit, dass du wieder zu Kräften kommst. Dort steht bestimmt in einem der Bücher geschrieben, wo sich das Windrad befindet«, sagte Olga empört.

»Hat Aieda dir nicht gezeigt, wo der Eingang ist?«, fragte ich zwischen den Zähnen hindurch.

»Sie hat nur erwähnt, dass sich die Bibliothek hier im Hain befindet. Du weißt, wie sie war.«

Nein, wusste ich nicht. So viel hatte ich von der Flammenhüterin damals nicht mitbekommen. Sascha und ich waren jung gewesen und meinem Vater hatte schon nicht gefallen, dass Dee und Soley mich vom Training abhielten. Zu den übrigen Drachen im Clan hatte ich nicht viel Kontakt gehabt.

Bevor ich aber etwas in diese Richtung sagen konnte, zischte Fenja Olga an: »Du sagtest, Mama hätte dir nicht vertraut!«

»Ich sagte, sie vertraute mir nicht mehr, nachdem sie zur Hüterin berufen wurde. Also nachdem deine Großmutter starb.«

»Wie kam Ophelia eigentlich ums Leben? Mir wurde nie etwas gesagt«, erklärte ich. Hatte da vielleicht schon dieses Töten von Hütern angefangen?

»Das weiß keiner genau. Aieda und ihre Mutter flogen zum Leuchtturm, um ihn neu zu entzünden. Erst drei Wochen später kehrte Aieda zurück. Sie war voller Blut und meinte nur, sie könne keinem mehr trauen und dass ihre Mutter tot sei.«

Ich lehnte mich zurück und ließ meinen Blick durch Olgas Büro und zum Geheimgang hinunter zum Hain schweifen. Niemand war zu sehen.

»Sag mal, Ramon war nicht wirklich Aiedas Beschützer, oder?«

Olga zog die Stirn kraus. »Wie kommst du darauf?«

»War nur so ein Gedanke.«

»Ich kann dir nur sagen, dass ich, als ich bei euch im Clan lebte, ihn kaum sah. Er war danach auch nie hier.«

»Also hegst du ebenfalls Zweifel«, sagte Fenja.

Langsam nickte Olga, meinte aber dann: »Ramon ist tot. Wir sollten uns lieber um die derzeitige Gefahr kümmern.«

Fenja wollte noch etwas sagen, aber ich zwickte sie. Böse sah sie mich an, doch ich redete einfach weiter, als ob ich es nicht mitbekommen hätte: »Anderes Thema. Sag mal, Olga, deine Karte, wie alt ist sie?«

»Auf dem neuesten Stand, warum?«

»Irgendwas ist komisch. Ich finde kein passendes Gebiet, wo mehrere Windräder aufgestellt sein könnten.«

»Oh, wie ich schon sagte, vielleicht steht etwas in der geheimen Bibliothek«, fing sie wieder an.

Ich verzog keine Miene. Ich würde ihr sicherlich nichts über die Bibliothek verraten.

»Vermutlich«, meinte ich und stand auf. »Ich bin müde, kommst du mit, Fenja?«

»Äh ja, okay?«

Wir waren in Fenjas alter Höhle. Alec hatte den Arm um Fenja gelegt. Calom und Sascha standen zwischen mir und Justin. Tim musterte mich argwöhnisch. Ich hatte gelogen, als ich ihnen gesagt hatte, dass ich einfach wieder einmal etwas fliegen wolle. Eigentlich wollte ich wissen, ob ich das in meinem jetzigen Zustand überhaupt noch konnte, und ich wollte mit ihnen alleine sein. Fenja hatte ihre Geburtsstätte vorgeschlagen.

»Warum sind wir hier?«, fragte mich Justin.

»Es ist der einzige Ort, der mir eingefallen ist, an dem wir allein und ungestört sind«, antwortete Fenja.

Ihre Geburtshöhle, wo sie und ihr Begleiter Alec Schutz gefunden hatten, war für mich nicht nur wegen der hier herrschenden Drachenmagie ein perfekter Ort für dieses Treffen. Auch war ich neugierig auf den Ort, an dem Aieda gelebt hatte, nachdem sie unseren Clan verlassen hatte.

»Wieso ist Justin eigentlich dabei?«, brummte Calom.

»Erstens ist er der Bruder von Tim und zweitens vertraue ich ihm«, sagte ich. Dass ich drittens das Gefühl hatte, dass er zu uns gehörte, brauchte ich jetzt noch nicht zu sagen.

Fenja musterte mich.

»Warum willst du denn ungestört sein?«, wollte Tim wissen.

»Ich glaube, wir können niemandem sonst vertrauen, nicht einmal Olga«, sagte ich.

Justin trat näher an mich heran. »Aber sie hat uns aufgenommen und Fenja geholfen. Wieso denkst du das?«

113

Fenja blickte zu Boden. »Sie verheimlicht etwas.«

»Alizee«, fing auch mein Bruder an, »wir kennen Olga, seit wir klein sind. Wir haben sie Tante genannt. Wie kannst du ihr nicht trauen?«

Ich atmete tief durch. »Ich glaube, Ramon war nicht der Beschützer von Fenjas Mutter, sondern er hat sich nur dafür ausgegeben. Es gibt einfach Fakten, die darauf hindeuten. Wir haben keine Zeit, jetzt darüber zu diskutieren. Was Olga angeht, ich habe sie darauf angesprochen, und ihre Antwort klang für mich nicht nach der Wahrheit, sondern eher so, als ob sie ihre Worte extra gewählt hatte, um etwas zu verheimlichen. Und außerdem will sie in die Hüterbibliothek.«

»Die Hüter- was?«, fragte jeder bis auf Fenja und Sascha.

Ich winkte ab; langsam nervte mich das Unwissen der anderen wirklich. »Ich weiß, wie man dort hinein kommt. Auch, was sich darin befindet, und das ist definitiv keine Karte zu den Hüterbauwerken, die mich zum Windrad führt. Genau das hat Olga aber behauptet.«

»Und was ist in dieser Bibliothek?«, wollte Tim wissen.

»Unter anderem Zaubersprüche, vielleicht sogar Informationen darüber, wie man sich die Macht eines Hüters aneignen kann«, knurrte mein Bruder und ballte seine Hand zur Faust.

Fenja atmete tief durch. »Ich ... Hört zu, ich bin nie ein Fan von Schwester Olga gewesen. Aber ich glaube nach wie vor nicht daran, dass sie böse ist. Vielleicht ist in dieser Bibliothek etwas drin, von dem wir nichts wissen. Etwas, das wir benutzen können, um den Untergang aufzuhalten, oder sonst was in der Art. Olga ist merkwürdig, aber das war sie schon immer.«

»Hat man dich unter Kontrolle«, meinte Alec zu ihr, »hat

man das Feuer unter Kontrolle.«

»Sagtest du schon einmal«, flüsterte sie.

Ich drückte ihre Schulter. Ja, wir wussten jetzt, dass ein anderer Drache unser Element stehlen konnte. Doch so ein dahergelaufener Antonio war nicht imstande, wirklich damit zu agieren. Unklar war für mich auch, wie lange er schon mit der Flamme lebte und warum er nie das Feuer erneuert hatte.

»Wir sollten Olga und dem Rest gegenüber vorsichtig sein.« Ich sah zu den anderen. »Solange Drachen sterben, können wir sieben nur uns gegenseitig vertrauen.«

»Und müssen uns auf alles gefasst machen«, stimmte Calom mir zu, was mich irgendwie überraschte. Gerade bei ihm hatte ich gedacht, dass Gegenwind aufkommen könnte.

Justin blickte zu seinem Bruder und atmete tief durch. „Ich weiß nicht, warum du mir vertraust", sagte er zu mir. „Aber ich traue Olga. Solange du mir keinen Beweis lieferst, weshalb ich das nicht tun sollte, werde ich mich nicht gegen sie stellen."

»Du willst einen Beweis«, brummte Tim. Verwundert sah ich meinen Begleiter an.

»Ja, Tim.«

»Jedes Mal, wenn Alizee in der Vergangenheit zum Waisenhaus gekommen ist, hat Olga uns weggeschickt. Hätte sie das nicht gemacht, wären sie und ich uns schon viel früher begegnet! Als es dann hieß, Fenja brauche Hilfe von einem Feuerdrachen, wollte sie nicht, dass wir ihr beistehen!«

Justin blickte zu mir. Ich fühlte mich gerade wie vor den Kopf gestoßen, dieser Fakt war mir neu und machte mich wütend. Hatte Olga von unserer Verbindung gewusst? Wenn ja, warum hatte sie Tim weggeschickt? Ja, ich hatte die Verbindung zu ihm nicht gesucht. Doch Olga hatte damit über meine Zukunft bestimmt. Ein weiterer Punkt, warum ich ihr immer weniger traute.

»Andrea war es, die Sascha zu uns geschickt hat, damit wir Fenja helfen, nicht Olga!«, redete mein Begleiter weiter. »Ich habe Olga gehört, wie sie Andrea anging, warum ich denn hier sei. Sie wusste, dass ich zu Alizee gehöre. Sie hat mich lieber leiden lassen, als zuzulassen, dass ich endlich meinen Platz finde!« Er wandte sich an Fenja. »Ich verstehe deinen Gedanken und auch, dass du eine helfende Hand nicht wegschlagen willst. Olga war für uns alle eine Mutter. Doch ich verschließe nicht die Augen davor, dass mit diesem Drachen etwas nicht stimmt!«

Sascha schritt dazwischen. »Wir sollten einfach vorsichtig sein, mehr verlangt Alizee nicht.« Er sah jeden kurz an. »Wir sind ein Team, wir alle.«

Ich stimmte ihm zu. Auch die anderen nickten. Zögerlich tat Justin es den übrigen gleich. Ich griff nach seinem Handgelenk.

»Wir sind alle irgendwie miteinander verbunden. Unter anderem Sascha und ich, die Hüterin und ihr Beschützer.« Ich zeigte auf Alec und Calom. »Oder wie ihr beiden, Geschwister, die zugleich Begleiter und Beschützer sind.« Sascha sah kurz zu Calom. Es ließ mich lächeln. »Und zwei Beschützer, die sich lieben. Es steckt mehr dahinter.«

»Ich bin normal«, sagte der Bruder meines Begleiters.

»Nein, Justin, du hast genauso deine Rolle in diesem Geflecht«, widersprach ich. »Nur welche, weiß ich nicht.« Jetzt hatte ich es ja doch gesagt. Fenja bestätigte mit einem leichten Kopfnicken, dass sie das gleiche Gefühl hatte.

»Du musst mir nicht Mut machen«, meinte Justin.

»Du hast gesagt, du weißt nicht, warum ich dir

vertraue.«

»Dann lasse ich mich überraschen.« Er wandte sich ab und ging mit den anderen zum Ausgang.

Ich atmete tief durch. Erst jetzt vernahm ich ein Tropfen, das mich neugierig machte. Vorsichtig ging ich dem nach und begab mich tiefer in die Höhle.

Schritte hallten hinter mir. »Was machst du da?«, fragte Fenja.

»Woher kommt das?«

Erst sah sie mich fragend an, dann meinte sie: »Ach, das Tropfen! Da hinten ist eine Quelle.«

Jetzt wuchs meine Neugier noch mehr. Mit schnellen Schritten lief ich näher an das Sekundenticken heran.

»Wow«, gab ich von mir.

»Was ...«

»Sieh genau hin, Fenja.«

»Obelisken«, keuchte sie auf einmal. »Warum ist mir das nicht früher aufgefallen?«

»Für dich war die Welt der Drachen neu, es ist klar, dass du auf so etwas damals nicht geachtet hattest.«

Aus der Steinwand ragte ein kleines Becken, in das vier steinerne Spitzen ragten. Sehr klein und kaum zu erkennen, trug jeder davon ein Elementsymbol. Das Ganze war nicht wie im Hain angelegt, eher so wie es Alec von seinem Stamm erzählt hatte, also in einem Halbkreis. Demnach hätten die kleinen Obelisken zumindest Alec auffallen sollen. Oder war seine Wahrnehmung durch Aiedas Hütermagie verzerrt gewesen und er hatte nur eine einfache Quelle gesehen?

Gedanklich zeichnete ich die Linien von den Obelisken zur Mitte. Der Tropfen fiel genau an dem Punkt ins Wasser, wo sich die Linien trafen.

»Das ist das Zeichen des Feuers, dann ist das der Leuchtturm.«

Fenja zeigte auf den Obelisken daneben, der das Windsymbol trug. »Dann ist das Windrad gar nicht so weit weg, wie wir dachten.«

»Aber warum sollte mir Vater eine falsche Legende beibringen?«, überlegte ich laut. Oder hatte ich das alles nur falsch interpretiert?

»Vielleicht ...«

Wir sahen uns an und sprachen zusammen aus: »Um jemand anderen in die Irre zu führen!«

Den Namen Olga brauchten wir nicht auszusprechen.

»Fenja, diese Anlage hier hat deine Mutter dir hinterlassen, um dir die Wahrheit zu zeigen.«

Sie beugte sich vor, um aus der Quelle zu trinken; ich hielt sie auf. »Nicht jetzt, nicht so geschwächt, wie wir sind.«

»Du glaubst, dass da mehr dahintersteckt?«

»So etwas zu erschaffen, kostet viel Macht. Egal wie stark deine Mutter war, sie brauchte Hilfe.«

Ich konnte Fenjas inneren Zwiespalt spüren.

»Willst du nicht wissen, was sie mir sagen wollte?«, fragte sie.

»Doch, aber ich ...« Ich atmete tief durch. »Dann trink, ich will dich nicht abhalten. Ich glaube nur, dass es uns jetzt mehr schadet als guttut.«

Sie wandte sich ab und eilte davon. Ich war gerade ein paar Schritte gegangen, da kam sie mir schon wieder entgegen. In ihrer Hand hielt sie eine Frischhaltedose.

»Ein Überbleibsel von unserer Flucht«, sagte sie mir, als ob das alles erklären würde. Sie schöpfte mit der Dose etwas von dem Wasser ab.

118

Ich verzog mein Gesicht. »Und du denkst, die war noch sauber?«

Sie nickte mir zu. »Jetzt komm.«

Ich sah noch mal zu dem Becken. Wenn ich richtig lag, dann befand sich diese Höhle genau in der Mitte zwischen dem Leuchtturm und dem Windrad. Ich hoffte, dass unsere Gegner beim Windrad genauso nachlässig waren wie mit dem Turm.

Alle anderen standen noch am Eingang und warteten auf uns zwei. Tims Blick ruhte auf mir und ich lächelte ihn an.

»Wann wollen wir los?«, fragte Fenja und ließ die Bombe so gesehen platzen. Sie sah zu den anderen. »Wir haben eine Idee, wo das Windrad sein könnte.«

»Heute nicht mehr, wir sind geschwächt«, erklärte ich.

»Ich nicht«, meinte Calom stur.

»Warten wir noch ein paar Tage«, mischte sich Sascha ein. »Alizee muss sich ausruhen.«

»Und Olga schöpft dann keinen Verdacht«, sagte Tim.

Fenja seufzte. »Okay, wie ihr meint.«

Ich ließ den Wind über mich gleiten und erfreute mich meiner rotweißen Schuppenpracht. Schwungvoll drückte ich die Luft nach unten und hob ab. Während Tim seinen Zwillingsbruder und Alec zu einem Rennen aufforderte, blieb Sascha neben mir.

»*Und was hast du wirklich vor?*«, fragte er in Gedanken.

»*Was ist, wenn ich mich irre und es nicht da ist?*«

»*Was, wenn nicht und wir dort nicht alleine sind?*«

Ich blickte kurz zu Fenja, sie flog unterhalb von mir. »*Ich kann sie nicht in Gefahr bringen.*«

»*Gut, dann werde ich alles vorbereiten. Fenja wird dich besonders gut im Auge behalten.*«

119

Tim und ich saßen in dem Zimmer, das mir zugeteilt worden war. Da auch Alec bei Fenja schlief, durfte mein Begleiter bei mir bleiben. Immer wieder musste ich an das denken, was er in den Höhlen zu seinem Bruder gesagt hatte. Es war so präsent in meinem Kopf, dass ich sogar die Quelle in der Höhle verdrängt hatte.

»Tim?«

»Na endlich redest du mit mir.«

Ich hob den Kopf und sah zu ihm. »Alec spricht Fenja sofort drauf an, wenn er merkt, dass sie etwas hat«, zog ich ihn auf.

»Du bist aber nicht Fenja, auch wenn ihr beide einen recht ähnlichen Charakter habt. Und ich? Bei den Alten bewahre, wenn ich so wäre wie er!«

Ich streckte mich und gab ihm einen Kuss. »Du bleibst mein Tim.«

Er grinste mich an. »Also, mein Wirbelwind, was geht dir durch den Kopf?«

»Du hast gesagt, Olga habe euch immer weggeschickt, also wenn ...«

»Du willst wissen, woher ich wusste, dass dann du hier warst?«

Ich nickte und legte mich kuschelnd neben ihn.

»Ich weiß nicht genau, wie ich es beschreiben soll.« Er

musterte mich kurz. »Wenn wir wiederkamen, war da immer dieser leichte Duft nach Lavendel. Es war, als ob der Wind mir etwas sagen wollte. In mir rief das eine Sehnsucht hervor, die ich aber nie verstand. Bis Sascha uns aufsuchte und uns hierhergebracht hat. Schon als wir landeten, wusste ich, dass du da bist und sich mein Schicksal zeigen würde.«

»Ich komme mir gerade so richtig mickrig vor, weil ich es nicht gespürt hatte.«

»Ich denke, dass der Wind es dir sehr wohl gesagt hat. Aber du warst so gegen alles Hütermäßige, das du dich verriegelt hast.«

»Klugscheißer«, brummte ich.

»Ist doch egal, wie es gekommen ist. Es ist nur wichtig, *dass* es so gekommen ist.«

Seufzend lehnte ich mich an ihn.

Kurz bevor ich einschlief, klopfte es.

Ohne dass wir antworteten, ging die Tür auf und Alec kam herein.

»Der lernt es nicht«, grummelt Tim.

Alec grinste schief. »Fenja fragt, ob du mit der Suche nach dem Windrad wirklich noch warten willst.«

Tim knurrte. »Heute nicht mehr. Alizee muss sich ausruhen.«

»Nein, heute ....«

»Die Drachen werden nicht damit rechnen, dass wir eine Ahnung haben, wo das Windrad steht«, meinte ich. »Lasst ein paar Tage verstreichen.«

Er nickte und ging aus dem Zimmer.

»Was hast du vor?«, fragte mich Tim.

»Schlafen«, gab ich als Antwort und kuschelte mich an ihn.

»Vertraust du mir nicht?«

»Doch! Aber ich bin müde und du hast es selber gesagt, ich sollte ausruhen.«

»Ja, das solltest du, doch ich spüre deinen innerlichen Aufruhr.«

Die Halbwahrheit war vermutlich das Beste. »Weil ich nicht weiß, ob meine Ahnung stimmt, und ich nicht will, dass wir in ein Himmelfahrtskommando starten, okay?«

Er nickte und drückte mich an sich.

Es war ja nicht ganz gelogen. Ich wollte schlafen. Nur, dass ich eben *sehr* früh aufstehen würde. Als ich die Tür öffnete, stand Sascha schon vor mir. Wäre ich nicht in der Lage gewesen, ihn zu spüren, hätte ich vermutlich erschrocken aufgeschrien. Es war noch dunkel. Nicht einmal der Mond erhellte den Gang.

»Bereit?«, fragte mein Bruder.

»Ich habe ein schlechtes Gewissen Tim gegenüber«, gestand ich leise.

»Du willst sie raushalten.«

Ich schloss meine Lider. »Ich weiß.«

Leise schlichen Sascha und ich aus dem Waisenhaus. Am Leuchtturm hatte er in der Nacht schon zwei Rucksäcke mit etwas Proviant versteckt. Er nickte mir zu. Ich sah noch mal zum Fenster, hinter dem Tim lag. »Denkst du wirklich, das ist nötig?«

»Du hast nur eine Vermutung, und wenn diese nicht zutrifft, werden wir nach dem Windrad suchen müssen.« Er stellte sich in meine Sichtlinie. »Je länger du wartest und hier rumstehst, umso eher werden Tim oder Fenja wach. Du willst beide nicht mit reinziehen.«

Ich nickte mechanisch. Meine Hoffnung war, dass sie

122

alle tief schliefen und unseren Aufbruch nicht spüren würden.

»Ich weiß. Trotzdem habe ich das Gefühl, dass wir sie mitnehmen sollten.«

»Ich stimme dir normal zu, aber dieses Mal hören wir lieber auf deinen ersten Impuls.«

»Ja, du hast recht.«

Seit dem Tod meines Vaters herrschte nur noch ein Windhauch. Er brauchte gefühlte Stunden, um meine Haut in weißrote Schuppen zu verwandeln. Es erstaunte mich immer wieder, wenn ich nun das leichte Rot sah statt des Graus, das ich vor Tim besessen hatte.

»*Komm*«, drängte Sascha.

Wie ein Wassernebel legte er sich um mich und ich wusste, dass er uns eine Illusion erschaffen hatte. Zwar wussten die Menschen, die hier in der Umgebung wohnten, über uns Drachen Bescheid, doch man musste ja nicht noch mehr Aufmerksamkeit auf sich ziehen.

Unseren ersten Halt machten wir an der Höhle von Aieda. Sascha wollte sich das Gebilde an der Quelle auch ansehen. Von der Höhle zum Meer liefen wir dann zu Fuß, immer in die entgegengesetzte Richtung des alten Klosters. Das Ganze erinnerte mich an unsere Kindheit, als wir durch die Wälder unseres Clans gestreift waren, Höhlen und Seen ausgekundschaftet hatten. Und wie dann jedes Mal eine riesige Schimpftirade unserer Mutter über uns hereinbrach. Angeblich hatte sie uns unter dem ganzen Dreck kaum noch erkannt. Doch Sascha und ich wussten, dass sie sich einfach nur zu große Sorgen gemacht hatte. Mit dem Wissen, das wir jetzt hatten, war uns klar, warum sie damals so reagiert hatte. Ich wusste aber auch nicht, ob wir beide unsere Streifzüge gelassen hätten, wenn man uns von der Gefahr erzählt hätte.

Wir machten eine Rast. Sascha schubste mich. Als ich ihn ansah, musste ich lachen. Er hatte einen Ketchupfleck auf der Wange.

»Du bleibst ein Schweinchen«, sagte ich.

»Vermutlich.« Er wischte sich den Fleck mit dem Handrücken ab. »An was hast du gerade gedacht?«

»Spürst du das nicht?«

»Die Vergangenheit. Aber an was genau?«

»An Mama«, gestand ich ihm leise.

»Ich bin froh, dass sie das alles nicht miterleben muss.«

»Oh ja«, seufzte ich.

Eines Tages war unsere Mutter nicht wiedergekommen. Wir waren es damals schon gewohnt gewesen, dass sie sich oft bei anderen Clans aufhielt. Sie kümmerte sich viel um andere, sah nach, wo Hilfe benötigt wurde, oder versuchte, bei Konflikten zu vermitteln. Sie sagte immer: ›Ihr beschützt den Wind und gebt damit der Welt viel; dies ist mein Teil, ihr etwas zu geben.‹ Als unsere Mutter verschwunden war, suchten ein paar Drachen unseres Clans nach ihr. In dieser Zeit waren Sascha und ich viel bei Dee oder Soley. Als Vater damals wiederkam, wussten wir beide schon, dass unsere Mutter es ihm nie wieder gleichtun würde. Doch erst als wir alt genug waren, erzählte er uns, dass sie sich den Flügel gebrochen hatte und vom Himmel gefallen war. Inzwischen vermutete ich, dass die anderen Drachen meine Mutter umgebracht hatten. Beweisen konnte ich das nicht.

Ich stand auf. »Lass uns weiter, sonst kommen Fenja und die anderen uns schneller nach als mir lieb ist.«

Wir schulterten die Taschen und liefen weiter. Immer wieder blickte ich durch die Äste nach oben, die Sonne ging langsam auf. Ich wusste, dass Tim und der Rest so langsam aufwachen mussten.

»Es war wirklich besser«, sagte mein Bruder.

»Ich weiß. Wenn Tim oder den übrigen etwas passiert wäre, hätte ich mir das nie verziehen.«

»Es braucht eben noch Zeit, bis sie so wie wir werden. Das geht nicht in ein paar Tagen oder wie bei Tim in ein paar Stunden. Obwohl ich sagen muss, dass er es rasch umsetzen kann, was man ihm beibringt.«

Ich musste schmunzeln bei der Erinnerung, wie schnell mein Begleiter gelernt hatte, ein Teil seines Elements zu werden. »Oh ja. Er ließ sogar uns alt aussehen. Fenja hingegen blockierte sich noch zu sehr.«

»Definitiv«, stimmte er mir zu und atmete tief durch. »Was ich sagen wollte, es ist schön, dass du jemanden hast. Diese Menschenmänner gingen mir auf den Nerv.«

»War klar.«

»Wie kommt Tim damit zurecht?«

»Wir haben darüber gesprochen und er ist immer noch da. Ob es daran liegt, dass er mein Begleiter ist oder er es wirklich akzeptiert, weiß ich nicht.«

»Ich glaube, es ist beides.« Sascha blieb stehen. »Ihr wart nicht verbunden, er kann dir im Grunde keinen Vorwurf machen. Es war ja nicht so wie bei Alec und Fenja.« Aufmunternd lächelte er mir zu. »Bislang habe ich noch keinen gesehen, der besser zu dir passt als Tim. Ihr ergänzt euch. Er ist manchmal genauso aufgedreht wie du. Zugleich kannst du aber auch zur Ruhe kommen mit ihm, da er dann auch wieder ruhig ist. Glaub mir, es ist egal, ob nun das eine oder andere; ihr gehört zusammen. Und so, wie ich ihn kennengelernt habe, würde er es frei heraus sagen, wenn es ihm nicht passt.«

»Vielleicht hast du recht«, meinte ich. In mir war

trotzdem dieses Gefühl, dass ich etwas falsch gemacht hatte. »Wenn ich meine übliche Kraft hätte, würden wir weitaus schneller vorankommen«, brummte ich, lenkte vom Thema ab.

»Hast du aber nicht. Doch wenn das Windrad sich wieder bewegt, bekommst du sie ja auch wieder.«

14

Gerade als ich ihm die Zunge herausstrecken wollte, traten wir aus dem Wald hinaus und auf ein Feld. Riesige Stahlkolosse ragten empor. Zwischen ihnen hindurch konnte ich das Meer und einen Strand erkennen. Der maritime Geruch kam dieses Mal nicht nur von meinem Bruder. Ich schluckte. Mit einigen Windrädern hatte ich ja gerechnet, aber nicht mit so vielen. Gefühlt waren es Hunderte.

»Wie sollen wir meines da finden?«, rief ich frustriert.

»Du wirst es ...«

Weiter kam Sascha nicht. Ein Feuerball kam von oben auf uns zu. Nicht irgendeiner, sondern eine abgeschwächte Hüterflamme. Gerade noch rechtzeitig hatte Sascha eine Wasserblase um uns geschlossen. Stark drückte er gegen die Kugel, die sich zischend immer weiter in unsere Blase drängte.

»*Das war es mit heimlich und schnell!*«, brüllte Sascha in meinen Gedanken.

»*Ich kann doch nichts dafür*«, fauchte ich zurück.

»*Finde das Scheißrad, damit du wieder kämpfen kannst!*«

»*Wie?!*«

»*DU BIST DIE WINDHÜTERIN!*«

Ich verdrehte die Augen. Er hatte gut reden.

Während mein Bruder weitere Flammenbälle aufhielt,

ging mir nicht nur langsam die Luft, sondern auch die Kraft und die Geduld aus. Immer mehr Geschosse prasselten auf uns ein. Es bildete sich langsam eine Kruste um Saschas Wasserkugel, die uns immer mehr einschloss. Dampf nahm uns komplett die Sicht. Ich konnte weder erkennen, woher die Attacke genau kam, noch, wie viele Angreifer es waren.

»*Alizee!*«, drängte mein Bruder mich.

»*Ich kann nicht! Hilf mir!*«, schrie ich.

Er umfasste meine Hüfte, wurde zu seinem Element und floss mit mir aus der Kugel. Wie weit er uns wegbrachte, wusste ich nicht. Nach kurzer Zeit drängte endlich wieder frische Luft in meine Lunge und ich spuckte Wasser aus.

»*Wir müssen hier weg. Kannst du dich in einen Drachen verwandeln?*«, fragte Sascha.

Aber ich konnte nur mit dem Kopf schütteln, zu sehr hatte ich noch damit zu kämpfen, richtig zu atmen.

Starker Wind kam auf. Auch dieser war nicht normal. Sascha brüllte und ich knallte mit dem Rücken gegen den Stahlkörper eines Windrades. Mir blieb dir Luft wieder weg und ich hatte das Gefühl, meine Rippen würden brechen. Ich schrie vor Schmerzen auf.

»Sascha«, wimmerte ich.

Ohne Wind war ich nichts, eine Hüterin ohne Kraft. Mein Stolz war in sich zusammengefallen wie ein Luftballon ohne Luft, und das alles nur, weil ich nicht auf meinen Vater hören wollte und den Clan verlassen hatte. Ich hatte mich über Fenja lustig gemacht und jetzt war ich noch schlechter als sie. Die Verzweiflung, die in mir aufstieg, wurde immer mächtiger.

Noch stärker wurde ich gegen das Metall gedrückt, meine Schreie wurden dagegen leiser. Ich hatte Angst, so sehr wie noch nie zuvor. Ich war ein Drache, ein so gut wie unsterbliches Wesen, und nun brach mir ein Arsch, der meinen Vater töten hatte lassen, mit seiner gestohlenen Windkraft mein Rückgrat. Ich wusste nicht, was ich dagegen tun konnte. Vielleicht war ich deswegen auch manchmal so überheblich: Nichts konnte den Wind besiegen. Wir waren stärker als Feuer, Erde oder Wasser. Doch am stärksten war ich, wenn ich mich mit Saschas Element vereinte.

Plötzlich fiel mir ein, wie ich zumindest aus der momentanen Zwickmühle entkommen konnte.

»*Sascha! Erde!*«

»*Verstanden!*«

Ich musste nur noch paar Sekunden aushalten. Ich fühlte die Wärme von Saschas Wasser, wie es sich langsam um meine Beine schlang. Sicherlich kostete ihn das viel Mühe, gegen den Wind zu arbeiten. Meinen Bauch hatte er erreicht, als der Luftdruck nachließ. Ab da ging alles recht schnell. Ich erinnerte mich an das Wasser, an Sascha, und wie wir die Kraft unserer beiden Elemente verbanden. Ich öffnete den Mund und ließ es in meine Lunge. Wie ein Sprung ins eiskalte Wasser, so fühlte es sich für mich an, als mein Körper sich in Saschas Element verwandelte. Alles brannte und stach, aber das war trotzdem besser, als mir weiter fast die Rippen brechen zu lassen.

Wir sickerten durch die Erde. Ich folgte dem Drängen von Sascha, er wusste, was er tat.

Dann zog er sich zurück und ich atmete schwer ein und aus.

»Danke«, keuchte ich.

»Dafür ist dein Beschützer da.« Er legte die Hand auf meine Schulter. »Wir müssen weiter weg. Ich konnte dich nicht weit wegbringen«, sagte er leise. Er klang nicht nur erschöpft, er sah auch so aus.

Ich nickte, schüttelte dann aber den Kopf. »Ich muss zum Windrad.«

»Alizee, du hast nicht die Kraft, dich dagegen zu wehren.«

Ich legte meine Hand auf Saschas Unterarm. »Ich muss! Nur so können wir sie besiegen!«

»Und wie?«

Ich wollte gerade antworten, dass ich keine Ahnung hatte, da fiel plötzlich ein Schatten über uns. Mein Herz klopfte eilig gegen meinen Brustkorb. Wie schnell hatten sie uns entdeckt?

»*Alizee*«, vernahm ich den vorwurfsvollen Ruf von Tim.

Erleichtert sprang ich auf und drückte den Hals des rotgrauen Drachen, der neben uns landete.

»Es tut mir leid«, wimmerte ich.

Kurz war es sehr heiß. Ich spürte, wie sein Hals dünner und er zu einem Menschen wurde.

Er legte seine Arme um mich und drückte mich. »Geht es dir gut?«

Ich schwieg.

»Sie wird wieder werden«, antwortete Sascha. »Danke.«

»Wir sind Hüter«, hörte ich da Fenja.

Erstaunt blickte ich zu dem zierlichen Mädchen. Calom hinter ihr nickte mit versteinerter Miene. Auf der anderen Seite stimmte Alec stumm zu. Justin streckte grinsend seinen Daumen nach oben.

»Wir sind ein Team, hast du gesagt.« Fenja verbrachte eindeutig zu viel Zeit mit Olga, diesen tadelnden Ton kannte ich sonst nur von der alten Drachendame.

»Und komm uns jetzt nicht mit dem Bullshit, dass ihr uns nicht gefährden wolltet«, meinte Alec.

130

»Wenn die letzte Flammenhüterin stirbt, stirbt das Feuer; die Erde und das Wasser gefrieren«, sagte Sascha. »Sie ist untrainiert!«

Fenja stemmt ihre Fäuste in die Hüfte. »Ich bin klein und nicht so stark wie ihr, das kann sein, aber ich bin mächtig!«

»Diesen Quatsch«, knurrte Calom, »können wir danach bereden.«

»Alizee weiß nicht, welches Rad es ist. Da stehen Hunderte«, erklärte Sascha.

»Das älteste«, warf Tim ein, »so wie der Leuchtturm – vermutlich befindet es sich eher am Rand und Richtung Strand.«

»Die beiden Mörder fliegen über dem Feld. Ich hatte keine Chance. Ich konnte Alizee gerade noch retten«, gestand Sascha.

»Jetzt bist du aber nicht mehr allein«, sagte Calom und reichte ihm die Hand.

Bevor er die Geste annahm, blickte mein Bruder zu mir. Erst als ich lächelte, griff er nach Caloms Hand. »Dann sollten wir los?«

»Haben wir denn einen Plan?«, fragte Justin.

»Ablenken und vernichten«, sagte Tim.

»Oh ja!« Fenja klatschte in ihre Hände.

Tim gab mir einen Kuss und wurde zu seinem Element. Schnell ließ ich los und sah ihn böse an. Sein Lachen schallte in meinem Kopf.

Sascha zog mich zu sich. »Bereit?«

»Nein.«

Er schüttelte seufzend den Kopf. Wie ein paar Minuten zuvor wurde er zu Wasser und schlang sich um mich. Fest presste ich meine Lider zusammen und nahm einen letzten langen Atemzug. Ich spürte, wie mein Körper sich verflüssigte und in kleine Teilchen zerfiel.

»*Ich bin bei dir*«, flüsterte es von Sascha wie von überall.

Ich dachte mir nur: ›*Sei leise und lass mich wieder atmen.*‹

Plötzlich wurde das Wasser salzig und ich hörte das Rauschen des Meeres. Stechend kalt wurde zu lauwarm und ich fühlte mich wieder komplett. Dem Drang, meine Augen aufzureißen, konnte ich nicht widerstehen. Ich sah Sascha in seiner weißblauen Schuppenpracht, wie seine Klauen nach mir griffen. Wie ein Käfig umfing er mich.

»*Ich kann selber fliegen*«, fauchte ich.

»*Ich weiß*«, war das Einzige, was er zu mir sagte.

Ich versuchte, mich zu verwandeln, aber es ging nicht, egal,wie sehr ich es wollte. Ich wusste, dass Saschas Beschützermagie mich daran hindern konnte, dass ich den Wind rief. Aber dass er auch meine Drachengestalt unterdrücken konnte, war mir neu. Viel zu heiß war die Luft, als wir aus dem Meer kamen.

»*Such das Windrad!*«, befahl Sascha mir.

Doch ich war viel zu abgelenkt von dem, was ich vor mir sah: Fenja als Drache und neben ihr eine Illusion von meiner Drachengestalt. Vor uns befanden sich Tim, Calom und Alec in ihren Elementarformen. Da erkannte ich Enzo, der gerade auf Fenja zuflog.

»*Alizee!*«, knurrte mein Bruder.

Hätte ich mich nicht gerade bei Sascha befunden, ich hätte selbst glauben können, dass ich es war, die neben der Flammenhüterin durch die Luft glitt.

»*Fenja ist echt gut im Illusionszauber*«, stellte ich fest.

»*Such dein Windrad, jede Sekunde ...*«

Zu spät, ein Feuerball flog auf uns zu, der aussah wie Magma. Sascha wurde getroffen und wir landeten im Wasser. Ich hatte das Gefühl, meine Schulter würde

132

verbrennen, doch da war nichts zu sehen. So schnell ich konnte, tauchte ich zu Sascha hinunter. Mit jedem Zug in die Tiefe schrie ich seinen Namen in Gedanken. Aber er antwortete mir nicht. Auch in Drachengestalt kam ich nicht schnell genug hinterher. Er war verschwunden. Ich hatte meinen Bruder verloren, meinen Beschützer, meinen besten Freund. Wut durchströmte mich. Es war mir nun egal, ob ich sterben würde. Wer immer das gewesen war, konnte sich jetzt auf einen Tornado gefasst machen. Ich war nicht ganz bei Kraft, aber das ließ ich nicht mit mir machen!

Gerade als ich wieder durch die Wasseroberfläche brach, sah ich, wie Calom in seiner blauen Drachenform ins Meer eintauchte. Das gab mir zwar wieder Hoffnung, dass mein Bruder noch leben könnte, aber das Schmerzlevel war erreicht, bei dem ich rotsah. Mit kräftigen Flügelschlägen raste ich auf Enzo zu, biss ihm in sein grauschuppiges Genick und ließ mich mit ihm Richtung Erde fallen. Ich wusste, auch als seine Knochen knackten, waren sie nicht gebrochen. Trotzdem ließ ich von ihm ab. Sicher wollte ich mich dafür rächen, dass er Vater hintergangen hatte, doch zuerst wollte ich mir diesen Antonio vornehmen. Er hatte Vater getötet. Gerade als ich Enzo losließ, spürte ich eine starke Hitze vor meinem Gesicht. Ich rollte mich zur Seite und blickte wütend nach oben, aber da war Fenja, die Enzo mit ihrem Feuer verbrannte. Sie landete schwer atmend neben mir und verwandelte sich.

»Such das Windrad, um Antonio kümmern wir uns.«

Ich nickte. »*Sei vorsichtig!*«

Auch sie bejahte nur und ich stieß mich ab. In der Luft fiel mein Blick auf Antonio.

»*NEIN!*«, hörte ich Tim. »*Räche dich, wenn du wieder Kraft hast.*« Ich fühlte seine Angst, dass Antonio mich in meinem geschwächten Zustand verletzen könnte, so stark, als ob es meine eigene wäre.

Ich schwankte zwischen meiner Wut und Tims Sorge, wusste nicht, was ich tun wollte.

»Bitte«, flehte mein Begleiter. »*Vernichte ihn, wie es nur ein wahrer Windhüter kann.*«

»*Oh ja, das werde ich.*«

Jedes Windrad blies ich an, doch nichts tat sich.

15

Immer mehr Zweifel machten sich in mir breit. Vielleicht war ich ja doch nicht die Windhüterin, oder wir hatten uns geirrt und dies war nicht der Standort des Windrads?

Je mehr von ihnen sich trotz meiner Bemühungen nur minimal bewegten, umso stärker wurde meine Frustration. Meine Lungen brannten, mein Kopf fühlte sich schwer an. War ich nicht mehr stark genug, diese Windräder anzutreiben?

Ein dunkelroter Feuerball streifte meinen Flügel. Ich brüllte vor Schmerzen auf, der Fallwind kühlte die Wunde und ich knallte auf den Boden auf. Kurz hatte ich das Gefühl, nicht mehr atmen zu können.

»Du bist stark, selbst wenn der Wind nicht weht, bist du der Wirbelwind«, dröhnte die Stimme meines Vaters in meinem Kopf. Die Erinnerung stieg in mir auf, wie ich als Kind auf dem Boden saß und weinte, weil ich mich nicht verwandeln konnte. »Du bist der Wirbelwind«, schallte es nach.

Wie hatte er sich so sicher sein können? Wenn ich es im Grunde nicht war, vor allem jetzt, da nichts klappte?

Ich verwandelte mich in meine menschliche Gestalt und versuchte aufzustehen, aber mein Arm tat weh. Fluchend griff ich nach der trockenen Erde und warf vor Frustration damit um mich. Schemen der kämpfenden Drachen über

135

mir tänzelten umher.

»*Alizee*«, hörte ich Tim.

Sein Schatten über mir wurde kleiner. Als er landete, war er schon ein Mensch und musterte mich, bis er mich in den Arm nahm. »Schaffst du es?«

»Nichts kann ich schaffen, ich bin es einfach nicht!«

Fauchen wurde lauter. Ich nahm den Geruch von verbranntem Fleisch wahr.

»Was redest du da?«

»Sieh doch hoch, keines dieser Scheißdinger dreht sich!«

»Und darum denkst du, dass du nicht die Windhüterin bist?«

»Ja«, schniefte ich. Tränen brannten unter meinen Lidern.

»Und was hältst du davon?«

Ich löste mich von Tim und wollte fragen, was er meinte. Da entdeckte ich hinter ihm Calom mit meinem Bruder.

»Sascha«, keuchte ich und rannte auf ihn zu. »Ich dachte, ich habe dich verloren!«

»Das hättest du gespürt«, flüsterte er mir zu und drückte mich fest an sich. »Du bist der Wind, Alizee. Egal, ob laue Brise oder Wirbelwind, du bist es. Zweifle nicht an dir, nur weil du gerade etwas schwach bist.«

»Aber sie drehen sich nicht!«

»Vielleicht ist es nicht nur ein einzelnes?«, meinte Calom. Wir wandten uns ihm zu. »Ich meine, vielleicht sind es alle Windräder, die hier stehen. Alle zusammen. Hast du das mal versucht?.«

»Von so etwas habe ich noch nie gehört«, sagte Sascha.

»Einen Versuch wäre es wert, zumindest ist der Wind ja auch eine kraftvolle Magie«, hörte ich Tim, der seine Hand auf meine Schulter legte. »Und ich weiß, dass du das schaffst.«

Ich schüttelte den Kopf.

»Ich stimme ihm zu, Alizee.« Sascha strich mir durch das Haar, wie es unser Vater immer getan hatte. »Das schaffst du.«

Immer heftiger schüttelte ich den Kopf. »Nein! Ich bin schwach.«

»Schließ deine Augen«, befahl Sascha leise. Nachdem ich es getan hatte, nahm er mein Gesicht in seine Hände. »Du bist geschwächt, weil Vater tot ist und das noch nicht lange her ist. Aber ich weiß, dass es in dir steckt.«

»Und ich glaube es auch« stimmte Tim zu.

»Und ich«, brummte Calom. »Und auch Fenja und Alec, die da oben gerade ihr Leben riskieren, damit du Zeit hast, dein Elementarbauwerk zu finden, wieder zu Kraft zu kommen und dich zu rächen.«

Calom kam auf mich zu und zeigte in den Himmel. Ein schwarzroter und ein schwarzblauer Drache und Illusionen von uns allen, die wir hier standen, wichen dort oben den Feuerbällen von Antonio aus.

»Also fliegst du jetzt raus auf das Meer und holst tief Luft«, schloss er.

Sascha nickte, drückte meine Schulter und trat ein paar Schritte zurück. »Du bist nicht allein, das warst du noch nie. Schau dich um von da oben, wir sind alle für dich da.«

Tim verwandelte sich in seine Drachenform und flog zu Fenja und Alec, die sich mit dem Mörder meines Vaters einen Flugkampf lieferten.

»Du schaffst das«, sagte Calom und folgte Tim.

»Komm«, meinte Sascha, »lass uns loslegen.«

Ich war mir immer noch nicht sicher, aber ich musste es versuchen.

137

Der leichte Wind strich über meine Haut und bildete Schuppen. Kraftvoll schlug ich die Flügel und hob ab.

Sascha war neben mir, als wir zwischen dem Stahl der Windmühlen immer weiter bis wir ans Meer flogen. Wir drehten uns um.

»Ich schaffe das«, sagte ich mir selbst. Tief holte ich Atem, immer wieder.

Die Luft um mich veränderte sich und ich schloss meine Lider. Ich hatte das Gefühl, mein Vater sei bei mir, seine Macht durchströmte mich und gab mir Kraft. Ich ließ meine Wut, Ängste und Trauer hinaus.

Unglaubliche Kraft stieg in mir auf und erfüllte mich so stark wie nie zuvor. Ich spürte, wie der Wind sich über die Welt ausbreitete. Vernahm, wie Menschen und Drachen tief Luft holten.

»*Ich habe es geschafft!*«, schrie ich in Gedanken.

Ich hatte es wirklich vollbracht, aber ich wusste, ohne die anderen hätte ich versagt.

»*Du hast es gemeistert*«, hörte ich Sascha überschwänglich.

Ich sah auf die Windräder, die sich alle gleichzeitig drehten.

»*Alizee*«, brüllte Sascha und schubste mich beiseite. Den Feuerball hatte ich nicht kommen sehen.

»*Jetzt bist du dran!*«, fauchte ich.

Ich rief mein Element zu mir. Raste auf den Mörder meines Vaters zu und verwandelte mich innerhalb eines Wimpernschlages in Wind. Ich umschlang ihn und quetschte seinen Hals zusammen. Seine Klauen gingen durch mich hindurch.

Wir knallten ins Wasser. Sofort war ich wieder ein Mensch. Sascha griff nach mir und holte mich aus dem

Meer. Wild tobten die Wellen. Wir landeten am Strand.

»Jetzt wirst du sterben, du Bastard!«, schrie Sascha.

So wütend hatte ich meinen Bruder noch nie gesehen. Er hob seine Hände. Wie durch eine Wasserfontäne wurde der Mörder aus dem Meer geschleudert. Calom raste auf ihn zu und schnappte sich ihn in der Luft. Mit voller Wucht schmetterte er Antonio in den Sand. Kurz wurde meine Sicht verdeckt. Fenja landete schwer atmend neben mir.

»Geht es dir gut?«, fragte ich sie.

Statt zu antworten, verwandelte sie sich und umarmte mich. »Du hast es geschafft!«

Ich nickte, vor Überraschung konnte ich nichts sagen.

»Was machen wir mit ihm?«, fragte Calom und zeigte auf den bewusstlosen Drachen.

»Er ist ein Mörder und hat es nicht verdient zu leben!«, knurrte mein Bruder.

Mein Blick ging zu Fenja. Sie nickte mir zu. Antonio hatte zwei Hüter getötet, wollte uns umbringen und im Grunde hatte er es nicht verdient. Aber wir brauchten ihn noch.

Sascha schüttelte den Kopf. »Nein, du lässt ihn nicht laufen, was ist ...«

»Dee«, flüsterte ich. »Wir brauchen ihn, wir müssen herausfinden, wo sie die anderen festhalten und wo wir Dee finden. Er muss am Leben bleiben, wir brauchen Informationen.«

»Alizee hat recht, er kann uns helfen«, sagte Fenja. »Wir brauchen Antworten.«

Sascha verschränkte seine Arme.

»Glaube mir«, sprach Fenja weiter, »ich will ihn genauso tot sehen wie du. Aber, wenn er uns zu einer anderen Hüterin führen kann, ist das wichtiger.«

Ich seufzte. »Ich bin genauso wütend wie du, Sascha, aber willst du dich wirklich auf seine Stufe stellen und einfach morden?«

Er blickte mir tief in die Augen und schüttelte den Kopf. »Aber verdient hätte er es.«

Ich nickte. »Jetzt brauchen wir einen Erdrachen, um ihn zu fesseln.« Sofort spitzte Wasser; Calom schoss in die Höhe und flog Richtung Waisenhaus.

Fenja nickte. »Er holt einen.«

Ich hatte Angst vor dem, was vor uns lag. Ich hatte wieder die Macht über mein Element, einen Beschützer und meinen Begleiter, aber auch Freunde. Ich konnte nur hoffen, dass alles gut werden würde, wenn wir vier Hüterinnen unsere Elementarbauwerke wiedererweckt hatten.

Ende vorerst :)

Danksagung

Erst einmal möchte ich mich bei allen bedanken, die mich regelmäßig unterstützen. Ihr seid mein Halt und treibt mich an.

Also vielen Dank an: Beccy Charlatan, Tea Loewe, Valentina Baumgartner, Katharina Maier, Viktoria Lubomski, Christine M. Brella, Nessa Hellen, Julia E. Dietz, Jasmin Schmidt ...

Meiner Familie möchte ich für die Unterstützung danken. Meinem Mann, weil er mir Zeit gibt zum Schreiben. Meiner Mutter, weil sie all meine Werke sammelt. Und meinen Kindern, die mich immer auf neue Ideen bringen.

Und an euch Leser!
Herzlichen Dank für eure Unterstützung.

Über die Autorin

Ich bin Luna Day – eine verheiratete Mutter und Autorin mit Herz und Seele.

Mein Leben findet im Augsburger Land statt. Nach einigen Experimenten im Raum Deutschland zog es mich doch immer wieder zurück in meine Heimatstadt. Dort lebe ich mit meinen beiden Kindern und meinem Ehemann.

Durch Harry Potter und Role-Play-Games in Foren fing ich an, kleine und größere Geschichten, die ich im Kopf hatte, niederzuschreiben. Schon als Kind hatte ich eine große Fantasie. Aber erst vor ein paar Jahren wurde aus einem Zeitvertreib meine Leidenschaft. So habe ich schon einige Texte aus meiner Feder zusammengetragen.

Momentan bin ich mit meinem ersten großen Projekt auf Verlagssuche. Aber ich drehe keine Däumchen. Einige Kleintexte konnte ich schon erfolgreich in Anthologien unterbringen.

Weitere Informationen zu mir findet ihr unter:

www.lunadayautorin.com

Lunas Geschichten

Auf den nächsten Seiten stelle ich euch meine Novelle und Anthologien vor, in denen ich vertreten bin. Weitere findet ihr auf meiner Homepage:

www.LunaDayAutorin.com

Flammenlicht

Wie würdest du reagieren, wenn ein Drache vor dir stehen würde?

Seit dem Unfalltod ihrer Mutter lebt Fenja im Waisenhaus von Sankt Ursula. Sie kennt nur diesen einen Ort und verabscheut ihn. Alle positiven Gefühle in ihr sind erloschen so wie der Leuchtturm, den sie von ihrem Zimmerfenster aus sehen kann. Seit Jahren herrscht ein eisiger Winter. Erst der Neuankömmling Alec schafft es, Fenja eine andere Sicht auf das Leben zu geben. Bis er sie dazu überredet, aus dem Waisenhaus auszubüxen.

Der Ausflug entwickelt sich zu einer Flucht und plötzlich steckt Fenja ungewollt zwischen den Fronten eines Drachenkrieges. Nicht nur das: Ihre gesamte Vergangenheit wird in Frage gestellt. Nur sie selbst kann herausfinden, was in der Nacht, in der ihre Mutter starb, wirklich passierte.

Diese Novelle entstand, weil mich die liebe Eva D. Black für die AutorenChallenge nominiert hat. Sie hat mir das Wort »Leuchtfeuer« gegeben.

ISBN: 9783753408439

DazwischenGeschichten

Hg.: Katharina Maier

Schreiber und Sammler

9 Reisen durch Himmel, Welt und Hölle

Die „Schreiber und Sammler" präsentieren ihr erstes gemeinsames Buch. 9 Autoren, 9 Geschichten – Fantasy, Krimi, SciFi, Historisches, Satire und Traumhaftes. 9 Geschichten über das, was passiert, wenn Welten aufeinanderprallen – im Weltraum, im Wilden Westen, im Hier und Jetzt und überall dazwischen.

Schneewittchen klappert New York nach einem Kupferkessel ab, und eine Frau, die auch ein Jaguar ist, flieht vor ihrer eigenen Familie. Echte Raben suchen nach echtem Futter und nach Antworten. Eine Mutter ist spurlos verschwunden, und eine andere reist auf der Suche nach ihrem Sohn zu den Sternen. In Niemandsstadt begegnen sich ein Junge und ein Mädchen. Er weiß zu wenig, sie zu viel. Im frühen Rom und im Wilden Westen stehen Väter und Töchter vor ihrer schwersten Entscheidung. Was bedeutet Liebe? Was ist sie wert? Was tust du für deine Familie? Und sie für dich?

In der Hölle herrscht tote Hose, und wer an das Paradies glaubt, kann tun, was er möchte. Lass dich nicht hängen! Die Menschheit feiert die Utopie!

ISBN: 9783752662191

Urban Fantasy: going intersectional

Vom Achje Verlag

Hg: Aşkın-Hayat Doğan, Patricia Eckermann

Das urbane Setting, in dem magische Wesen oft unerkannt unter Menschen leben und wirken, ist ideal, um auf die verschiedenen Diskriminierungsformen in unserer Gesellschaft aufmerksam zu machen: Rassismus, Sexismus, Ableismus, Antisemitismus und weitere Arten der Menschenfeindlichkeit gehören nicht nur in Deutschland zur Alltagswirklichkeit. Auch der privilegierten Öffentlichkeit ist das inzwischen bekannt.

Doch die wenigsten haben bisher etwas von Intersektionalität gehört. Dieser Begriff drückt aus, dass eine Person nicht nur von einer, sondern von mehreren Diskriminierungsformen betroffen ist. Schon eine einzelne Unterdrückungsform macht es für Menschen fast unmöglich, als gleichwertig respektiert zu werden, sich in den Medien repräsentiert zu sehen und gehört zu werden und je mehr Unterdrückungsformen auf einer Person lasten, desto unmöglicher wird es.

In der deutschsprachigen Fantasy sind intersektionale Charaktere bisher leider rar gesät. Daher räumen wir in Urban Fantasy: Going Intersectional den Geschichten einen Platz ein, die Intersektionalität im Fokus haben, wie die der asexuellen Vampirin, der chronisch kranken lesbischen Hexe, der muslimischen Superheldin, der übergewichtigen Sirene oder der transsexuellen Elfenprinzessin.

ISBN: 978-3947720637

Tiermenschen

Von Alea Libris Verlag

Hg: Maria Panter

Mischwesen aus Mensch und Tier bevölkern seit jeher unsere Fantasie. Mal sind sie uns sehr ähnlich, mal fremdartig oder gar monströs. Wo kommen diese Geschöpfe her und wie leben sie? Wie denken und handeln sie? Was macht sie menschlich, was tierisch? Und wie geht die Menschheit mit ihnen um?

9 Kurzgeschichten beantworten diese Fragen, erzählen von den vielseitigen Leben dieser Kreaturen und bringen uns um zum Nachdenken über uns und unsere Mitlebewesen.

ISBN: 3945814464